# "诉"描
## 北京城

崔天醍 著

中国铁道出版社有限公司
CHINA RAILWAY PUBLISHING HOUSE CO., LTD.

**图书在版编目（CIP）数据**

"诉"描北京城 / 崔天醍著 . — 北京：中国铁道出版社
有限公司，2022.12
ISBN 978-7-113-29863-0

Ⅰ.①诉… Ⅱ.①崔… Ⅲ.①短篇小说 - 小说集 - 中国 -
当代②中篇小说 - 小说集 - 中国 - 当代 Ⅳ.① I247.7

中国版本图书馆 CIP 数据核字（2022）第 228129 号

书　　名：**"诉"描北京城**
　　　　　SU MIAO BEIJING CHENG
作　　者：崔天醍

---

责任编辑：奚　源　编辑部电话：(010) 51873005　电子邮箱：zzmhj1030@163.com
封面设计：闻江文化
责任校对：苗　丹
责任印制：赵星辰

---

出版发行：中国铁道出版社有限公司（100054，北京市西城区右安门西街 8 号）
网　　址：http://www.tdpress.com
印　　刷：北京铭成印刷有限公司
版　　次：2022 年 12 月第 1 版　2022 年 12 月第 1 次印刷
开　　本：880 mm×1 230 mm　1/32　印张：8.5　字数：136 千
书　　号：ISBN 978-7-113-29863-0
定　　价：55.00 元

---

本小说所涉及人物、商家等，名字如有雷同，纯属巧合。

## 一个"诉"字蕴春秋

　　书名，跟人的名字一样，是一扇"窗户"，或者说是一双"眼睛"。所以，给一本书起一个好的名字，是一件很让作者头疼的事。我想，起《"诉"描北京城》这个书名时，崔天醒一定损失了许多脑细胞。

　　"诉"描，和素描谐音，重点在"诉"，冷不丁看到，十有八九会闹误会，把这个"诉"字理解成"告诉"或"诉说"。

　　"告诉"你什么是北京城，或者北京城的"诉说"，当然也说得通。但作者要说的这个"诉"并不是这个意思，而是"诉求"和"接诉"。

当你明白了"诉"是怎么回事，我想一下子就会嗅到这本书的烟火气了。这里的"诉"描，比绘画的素描，离你的生活更近。

"12345，一按我帮您"这句话不陌生吧。不论是满头白发的老者，还是稚气未脱的青少年，大伙儿都知道，凡是遇到什么为难需要求助的事儿，打"12345"，准能解决问题。

崔天醒是北京市西城区市场监管局的工作人员，她的本职工作与市民生活息息相关，12345"接诉即办"响应百姓诉求，让她深有感触，她对这个"诉"字感受很深。所以，她才有了写作本书的冲动，这部充满生活气息的中篇小说集，最后更是以"诉"字来命名。

《"诉"描北京城》由三部中篇小说、五部短篇小说组成。崔天醒告诉我，她最喜欢的是《"诉"描中轴线》。

作为一个标准的"北京大妞"，她深爱着这座城市。

我们通常说的北京历史文化，是由长城、西山永定河、大运河三个文化带，和以中轴线为脊梁的老城构成的。

崔天醒以"诉"为本书的切入点和主线，再将北京文化的内涵巧妙地绘入其中，艺术地展现给读者，可谓是煞费苦心。

因此，这个"描"并不只是对北京文化和地理的描写。

她写的是人，讲的是生活。当你翻开《"诉"描北京城》这本书，生活气息会扑面而来。

崔天醒是个会讲故事的人，八个中短篇小说，分别讲了八个生动有趣的故事。小说的主题非常明确，叙述也很得体，结构看似松散，实则严丝合缝，加上人物鲜活、有血有肉，看了会引人深思。

这些故事看上去似不跌宕起伏，也没有大开大合，更谈不上感天动地，但平平淡淡才是真。就我个人的写作体会，"平淡的人和事"最难写。

一个"诉"字蕴春秋。

作者以女性温婉细腻的心性，用白描的手法，生动地刻画了这些现实生活中小人物的生存状态，通过他们的喜怒哀乐，展现出他们纯朴善良的内心世界。其实，这种平实的写法，更能打动人心。

作者构思的巧妙在于紧扣"诉"这个主题，写出了市场监管工作鲜为人知的人和事，让读者看到了市场监管工作的重要性，同时也感受到他们对待这个"诉"字沉甸甸的社会责任感，以及背后的种种艰辛。

毫无疑问，市场监管是在代表政府行使权力，所以小说见微知著，它所展现的，使读者进一步加深了对市场监管工作的理解。这正是作者写作本书的意义所在。我比较喜欢法国作家福楼拜的小说，福楼拜是法国著名短篇小说家莫泊桑的老师，一向以写作严谨著称。记得他说过一段话："对你所要表达的东西，要长时间很注意地去观察它，以便能发现别人没有发现过和没有写过的特点。"

我想崔天醒正是基于长时间对本职工作的观察和思考，才会有自己的独到发现和思索。

崔天醒属于"80后"，从小喜欢文学，上大学时学的是新闻专业，这对她文学写作上的"求真务实"是有很大帮助的，自然也使她在文学创作的道路上不走弯路。

我这里所说的走弯路，是指她在文学创作上始终没有离开现实生活，没有离开她的本职工作。这在现在的青年作家中是难能可贵的。

我非常赞成鲁迅先生所说："作者写出创作来，对于其中的事情，虽然不必亲历过，最好是经历过。"在这一点上，崔天醒做的是到位的。

她的作品不是凭空想象，而是源于生活，取自生活，所以，她的作品才有生命力，这部《"诉"描北京城》就是实证。

这些年，她创作的小说屡屡获奖。2018年，她的长篇小说《暗·塔》，在国家市场监督管理总局举办的"全国禁止传销优秀宣传作品征集大赛"中获得了一等奖。长篇小说《我的阿拉伯》，在 2021 年中国服务贸易协会主办的"一带一路"文创大赛中，荣获了最具特色奖。

这部《"诉"描北京城》的出版，说明她在文学道路上又迈上了一个新台阶。当然，我更期待着她有更多的作品问世。

是为序。

刘一达

2021 年 7 月 13 日

北京　如一斋

# 前言

深化接诉即办改革，推进主动治理、未诉先办，解决群众急难愁盼问题，探索形成以接诉即办为牵引的超大城市治理"首都样板"。

——摘选自《北京市第十三次党代会报告》

小说集标题中的"诉"，顾名思义，"接诉即办"。

这是近几年北京市政府部门及企事业单位开展的一项重要工作，即市民通过拨打 12345 市民服务热线，反映日常生活中遇到的各类困难与问题，对应部门会在 7 个自然日内进行答复，让百姓反映的问题可以第一时间得到解决。市场监管局作为机构改革后新成立的部门，承办的接诉即办工单，涵盖了白姓生活的方方面面。

本书的内容是市场监管局用心用情用力做好 12345 接诉即办工作的真实写照，以文学的手法展现了市场监管局为民服务的使命担当，也侧面写出了市场监管局干部职工的工作日常。

本书收录的五部短篇小说、三部中篇小说，是我利用业余时间在不同时期创作的市场监管题材的作品，涵盖了与百姓生活密切相关的市场监管局部分业务：登记注册、处理投诉、执法办案……

事实上，这也是我一直以来进行创作的动力与初衷所在。长期以来，在城市生活中，市场监管局都是熟悉又陌生的存在。说它熟悉是因为它就在我们每个人身边，无论是生产者、经营者还是消费者，都免不了时常与它打交道，却很少有人能准确说出它的职能所在。

四年前，我的长篇小说《暗·塔》在喜马拉雅政务频道市场监管之声栏目上线，有听众评论说"这部作品反映了我从未了解过的工商干部（注：市场监管局由工商、食药、质检、知识产权、发改委价监局五部门合并而成）的工作与生活，很吸引我。"能用我的笔让民众了解市场监管局的工作，我作为一名创作者，幸甚至哉。

最后是致谢。感谢我的同事兼好友李飞宇，感谢她愿意成为我多部小说的女主角，也感谢她多年来的陪伴。书中的字里行间，是我们共同走过的日日夜夜。

感谢为本书提供案例和素材的各位系统内的兄弟姐妹，也感谢现在和曾经奋战在市场监管一线的每一个人。

感谢北京市市场监管局领导和市局文联对于本书的指导与支持。

感谢北京市文联为本书创作和出版提供资金扶持。

感谢看到这本书的每一个你。

向我们生活的伟大时代致敬。

崔天醒

2022 年 6 月于北京

# 目录

# 『诉』描中轴线：开放、包容的北京

# 一

提起"中轴线"三个字，居住在北京的人都不会陌生。著名建筑学家梁思成曾说过，再没有一个民族如中国人这般对中轴对称线如此钟爱与恪守。中轴对称建筑最早发端于商周时期，但最典型的代表却要属明清两代的北京城宫殿。北京中轴线便以此为中心，向南北延伸，贯穿北京城，今天北京独有的壮美秩序就依这条中轴线的建立而生。

张春学常说，这中轴线就和咱老北京一样，规矩、讲究。张春学家住在中轴线南端西侧的宣武门附近，是地地道道的南城人。南城一直是个烟火气极旺的地方，但在繁华喧嚣的首都，南城又能够寻见老北京的宁静。

张春学身材中等，眼眉生得周正，年轻时也算个帅小伙，唯一的遗憾便是身材不高。张春学年轻时总盼着自己能再长上几厘米，可惜未能如愿。如今人到中年，他的腰围又突飞猛进起来。

张春学原先是手表厂的工人，那年头手表厂算是一等一的好单位。张春学也凭着这份工作获得了妻子石红霞的青睐。石红霞生得细眉细眼、白白净净，说起话来也极斯文，工作在事业单位，有正式编制。后来手表厂改制，张春学买断了工龄，但好在手里有技术，便在家门口的超市里支了个修手表的摊位。加上石红霞收入稳定，两人的生活倒也不愁。

张春学生于斯长于斯，之前他从没想过有一天会离开老南城，但到了知天命之年，也不由得他不想。

张春学家房子的岁数比他闺女张昕还要大不少，楼里没有电梯。他家住在四层，过去不觉得什么，但随着母亲年事渐高，上下楼便成了件极困难的事。母亲为了不拖累他们，干脆整日待在家里不下楼。

老北京人要里子更要面子，张春学不想让别人说闲话说他不孝顺，心里也着实不想委屈了母亲，便开始寻思换房这件事。

其实换房这念头也并非刚生出来的，张春学两口子这些年省吃俭用攒下了一些钱，原本也是想将来能换一套敞亮些的房子。可谁想，这些年北京房价水涨船高，张春学夫妇在附近打听了一圈，带电梯的新小区，加上又是学区房，房价都高得令人咋舌。而自家的房子因为年份太久没有电梯，面积又小，卖不出高价。

就在张春学两口子一筹莫展之际，"葫芦"帮了张春学一个大忙。"葫芦"是张春学养的鸟。事实上张春学并不好鸟，而是好人。养了"葫芦"，他便能提着"葫芦"去法源寺门口和一帮老哥们儿聊天。

法源寺门前的小公园是南城养鸟男人们的乐园。那里是一处闹中取静的所在。鸟鸣伴着清音，形成流淌着南城风韵的二重奏。每天早晨，三三两两提着鸟笼的人聚集于此。不需要什么约定，彼此却都惦念着对方。老张今天怎么没来？这两天老李忙啥呢？

这里头和张春学最投脾气的人叫刘洪。刘洪一连一周没来，颇费了张春学不少念叨。待到刘洪重新出现时，张春学赶忙凑上前去问，你这阵子忙什么呢？

刘洪说自己忙着给儿子买婚房。

婚房买在哪里了？

刘洪说在丰台，四环外，不过是个新盘。

张春学出于礼貌问了一下价格，刘洪的回答让他怦然心动。

刘洪又形容了一下小区环境，什么房子朝向好呀，两户一梯呀，毗邻地铁呀，还送精装修，哦对了，离大医院也不远。

张春学更加心动了。母亲常年需要吃药，离家不远就有个宣武医院，方便许多。换房主要是为了老人，若是能把就医问题解决，那其他问题便都好解决了。

刘洪又说，那是新盘，得摇号，摇中了才能买，自己命好，摇中了，不然真不知道再去哪里寻这么合适的房子。

张春学撇撇嘴，这上哪儿说理去，掏那么多钱买房子还跟买彩票似的抽奖。

晚上回家时，张春学当作笑话将刘洪买房的事讲给妻子听。石红霞却不由得心动起来："要不然咱们也去试试，反正也是摇号，未必能摇中。"

运气这东西如同爱情，满心希求时它不见踪影，却总在意想不到时光临。张春学幸运地摇中了买房资格。他们夫妇原本的计划是将老房子卖掉，这样不需要加太多钱就可以买到新房。可他们走到中介门口时，却忽然犹豫起来。"你说，咱在这儿住了这么多年，说卖就卖了？以后咱再回来，这儿可就没咱的家了，连个落脚的地方都没有。"张春学对妻子说。

石红霞理解张春学的不舍："要不咱不卖房了，差的钱去贷款，再找亲戚借一点，把这老房子租出去给咱还贷款。房子留在自己手里，将来怎么也好说。"

石红霞从小脑子就好使，这点张春学嘴上虽不说，心里却不得不承认。

乔迁新居的时候，一家人自然是皆大欢喜。四口人聚在一起涮火锅，张春学喝了不少酒。张春学平时话就不少，一喝酒更如洪水开闸，奶奶回屋休息后，他更是拦都拦不住。他从自己幼儿园时期讲起，一直讲到结婚生女。一提起女儿张昕，张春学顿时声泪俱下兼唾沫横飞地数落起女儿来。

张春学曾说，当初这名字就取错了，张昕，总叫人张大着心。其实张昕过去挺让人省心，小时候长了一副圆圆的娃娃脸，很招长辈喜欢。她从小喜欢画画，又有些天赋，大学考了设计专业，毕业后去了一家广告公司。可张昕一毕业，张春学两口子的烦心事就来了。先是毕业时张昕没有按照父母的要求去考公务员或者事业编，而是自作主张去了外企。之后便频繁换工作，每份工作最长干不过三年。

工作的事倒还在其次，毕竟张昕一直都能自食其力，没有在家啃老。张春学真正的"心头大患"，是张昕的个人问题。张昕上大学时跟刚毕业的那几年谈过几次恋爱，但都无疾而终。张春学拜托街坊邻居给张昕介绍过几个相亲对象，也都在见过一次面后没了下文。如今年近三十，张昕干脆没了找对象的想法，这可急坏了张春学。张春学极好面子，自然不愿让人说自家姑娘嫁不出去，但张昕自己不想嫁，张春学也没法强迫，只能忍着，今天算是逮到机会了。

大喜的日子，张春学忽然说起这样败兴的话来，张昕自然不乐意："爸，我一人挣钱一人花，没碍着谁吧？您干吗老揪着这事不放？"

张春学这下更来了脾气，借着酒劲儿一不小心把自己心里的真实想法说了出来："你模样、工作都不比别人差，到现在没结婚，别人还以为你有什么见不得人的毛病呢。让人家在背后说三道四，我丢不起这个人！"

"好，您嫌我丢人，那我就走，免得您嫌我碍眼！"张春学两口子原以为这只是张昕的气话，但没想到张昕真的从家里搬了出去，在同学家暂住，准备自己在外面租房。

石红霞劝老伴儿："你这是干啥，咱家又不是没有地方住，把姑娘赶出去了，你面子上就好看了？"

冷静下来的张春学也觉得自己那天言语欠妥，但又不肯服软，只说，她自己要走，又不是我轰她的。

石红霞叹了口气："我知道她不肯结婚这事儿是你心里头的一个疙瘩，你们爷儿俩要还住在一个屋檐下，今后还免不了要吵。要我说不如这样，咱家的老房子也别出租了，给昕昕住，省得她出去找房子，再被人给骗了。至于还贷款的事，我再想想办法，不行咱们的日子再紧一紧，总能还上。"

石红霞脑子好使，张春学是服气的。石红霞把女儿叫来一说，张昕也懂事，说干脆自己按照市价给家里交房租，也不能亏着爹妈。这便落了个皆大欢喜。

过去一家三代住在老房子里，虽说拥挤却有人气，如今张昕独自住两居室，多少有些寂寞。加上宣武门附近的房子，按照市价房租不低，张昕多少也有压力，便动起了找人合租的念头。

张昕不想和陌生人合住，便在朋友圈里问。恰巧张昕有位同事的同学正在找房子，于是张昕便有了室友——李飞宇。

张昕找人合住的事也和父母商量过。石红霞对张昕找的这位室友一万个满意。李飞宇生了一副瓜子脸、柳叶眉，活像从古代仕女图中走出来的人物。她是名校毕业的硕士，说话办事都很懂礼貌，还是个公务员，工作稳定，无不良嗜好。有时候石红霞不禁想，只可惜是个女孩，要是换个性别，正好可以和张昕凑成一对。

张春学这人有个毛病，就是凡事都要提出自己的不同意见。哪怕他心里再认可对方，也要和对方反着说。张春学对女儿说："那姑娘看着人是不错，可她家是外地的，你俩打小的成长经历不同，生活习惯肯定不一样，依我看，你俩未必能处到一块去。"

石红霞赶紧打圆场："又不是处对象，没必要处处合得来，没有大矛盾就行了。"

# 二

李飞宇对张昕说，她在市场监管局下面的市场监管所工作。什么是市场监管呢？简单说，就是几乎市场上所有的事都和他们有关系。消费、价格、产品质量、食品、药

"诉"描北京城

品、广告、商标、知识产权，等等，都在他们的职责范围内。

"哟，那你们的权力可大了去了"。张昕打趣道。

"其实，我们更多偏向于服务，监管市场也是为了服务市民嘛。"

李飞宇说的这些，张昕一知半解，她也没有兴趣刨根问底。相比李飞宇的工作，张昕更关心的是两人在生活作息上的差异。

上学时，李飞宇是品学兼优的好学生，学习十分勤奋，即便休息日在家也从不睡懒觉。如今由于工作时间相对规律，她养成了早睡早起的生活习惯，节假日也不例外。

而张昕从小学习艺术，比较随性，工作后做设计，熬夜加班更是常有的事。公司对于设计师的出勤时间要求得也不严格，如果头天加班到太晚，第二天上午可以晚点到。可以说，张昕是个不折不扣的夜猫子。

然而自打和李飞宇合住之后，李飞宇早晨洗漱的声音总会把张昕吵醒。张昕原本就觉轻，被搅了好梦自然比较烦躁。更让张昕痛苦不已的是，就连周末李飞宇也不"放过"她。

两人合住了两周后，张昕终于忍无可忍地向李飞宇当

010

面提了意见。李飞宇连连向她道歉。从那以后，周末早晨李飞宇醒来不再第一时间起床洗漱，而是躺在床上玩一会儿手机，等到张昕那边有动静了她再起床。工作日的早晨，李飞宇则尽量将动作放轻。

事实上，李飞宇自己也有烦恼。李飞宇习惯早睡，每天九点半准时关灯睡觉。而张昕几乎没有前半夜入睡的时候，她时常十点之后才回到家里，卸妆沐浴，没有一两个小时安静不下来。害得李飞宇躺在暗夜的漆黑中辗转反侧，脑海里的羊群时不时便会被张昕弄出的响动驱赶一空。

但张昕毕竟是房东，李飞宇不好直接给她提意见，只能委婉地劝她，女孩子走夜路不安全，还是尽量早点回家的好。

张昕继承了石红霞的聪明才智，当场就听出了李飞宇的弦外之音。她也不想和室友直接发生冲突，只敷衍地"嗯"了一声，心里却想："你以为我愿意整天加班到半夜？"

毕竟同住一个屋檐下，抬头不见低头见，张昕和李飞宇谁也不想和对方闹僵，碰面时两人还要闲聊几句，维持着表面上的热络。

这天是周末，张昕难得不加班，约了闺蜜出门逛街，傍晚时满载而归。一进门见李飞宇还没休息，便张罗道："给你看看我新买的衣服。"

李飞宇很感兴趣地凑上来说，"哇，这么多战利品！"她从纸袋里取出一条裤子说，这条裤子看上去不错，得五百吧。

张昕听了差点当场心脏病发作，说："姐姐，我这条裤子原价三千多呢，打完折也要两千一！"

李飞宇一脸惊讶："这么贵，为什么呀？"

张昕给她解释："这是这几年最火的牌子了，你看你看，这上面还有设计师签名呢，是限量款。"

李飞宇看着裤子那块"补丁"上鬼画符一般的图案，口中没说什么，脸上却写满了不理解。

而张昕也顿时没了分享欲，手脚并用地抱起地上大大小小的纸袋回到了自己的房间。

虽说有些许不愉快，但正常的交往还是少不了，特别是张昕听说李飞宇工作单位楼下就是南城著名的老字号小吃时，顿时双眼放光，列了一张清单，让李飞宇下班时帮自己将各味珍馐带回来。

炸糕、驴打滚、豌豆黄、山楂糕、烤包子，个个都是张昕的心头挚爱。张昕的口味是完全继承了父母的。张春学两口子舍不得这老南城，有一半原因是舍不得这老南城的吃食。张春学总说，这些老字号做起东西来不惜料，做出来个顶个都是好东西，不像时下某些网红零食，只看着花哨，徒有其表。

张昕觉得独个大快朵颐不合适，便招呼李飞宇过来跟自己一起吃。没想到李飞宇微微皱了皱眉，礼貌地说不用了，自己泡点面就行。张昕看着厨房里李飞宇的背影，心头升腾起一股怒火，那是自己心爱的美食被"侮辱"了的感觉。

张昕一直认为，饮食的口味可以反映一个人的性格，能吃到一块儿，才能处到一块儿。李飞宇转身去厨房泡面的那一刻，张昕便在心里判定两人怕是很难成为朋友了。李飞宇泡的不仅是面，同时泡汤的还有她和张昕的友情。

# 三

张昕觉得自己最近真是倒霉透了，用流行的话说就是"水逆"。先是父母催婚，自己好不容易躲出来，又碰见了李飞宇这么个室友。张昕心中烦闷，决定和朋友去酒吧散散心。

其实张昕很久都没去酒吧了。全市的酒吧之前按要求停业了一阵子，张昕得知酒吧已重新营业，赶忙约了朋友前去。

说起酒吧，走在潮流前端的年轻男女大多钟爱三里屯。但张昕却独独偏爱什刹海。这一方面是因为她家住在西城，什刹海就在西城；另一方面，张昕爱水，每逢休假，总要去海边住上几天，一连几日坐在海边听涛观浪也不觉得腻。北京不临海，想要看水，什刹海便成了绝佳的去处。

虽名曰海，实则是古高粱河下游河道形成的洼地型湖泊，金称白莲潭，元代称积水潭、海子，明代以后逐渐称什刹海。元代郭守敬建通惠河，与京杭大运河直接沟通，什刹海成为元大都京杭大运河码头、漕运的终点，同时也是北京中轴线建造的基点。

提起自己的这位"奇葩"室友，张昕满腹牢骚总算有了倾诉的对象。朋友劝她，合同到期了就让她走人吧。张昕却又犹豫起来，自己虽说和李飞宇处处不合拍，但也没到非要赶她走的程度。

几人边说边聊不觉夜色已浓，张昕正要叫服务生来结账，服务生却主动走上前来问他们还要加点什么。

张昕摆摆手说不用了。服务生却面露难色："您几位没达到最低消费额度，还是再加点吧，不然也是要付那么多钱的。"

什么？！张昕感到难以置信，"我以前没少来这边，从来没听说有这规矩。"

"现在特殊情况，赚钱不容易，辛苦美女您理解一下。"服务生赔着笑解释。

张昕还想再质问服务生。朋友扯了扯张昕的袖子，"他家新换了老板，应该不认识咱们，没准把咱们当外地游客了。"

外地游客就能随便欺负？！张昕一听更是气不打一处来。

偏巧此时张昕的手机响了，是李飞宇打来的。张昕知道，李飞宇肯定是催她回家。李飞宇每次都是这样，但凡张昕在外面玩得晚了一点，便会打电话来，借着询问是否要留门的名义，实则是催她早些回家。事实上张昕手里有钥匙，根本不存在"留门"一说。李飞宇这么做，无非是怕自己回家太晚打扰她休息罢了，张昕这般理解。

此时张昕看到李飞宇的电话，更觉火上浇油。她没好气地接起电话，李飞宇的话果然不出所料，问她几点回家。

"我怎么知道我几点能回家，我现在都被人扣下了！"

"怎么回事？"李飞宇顿时关切地问道。

"说我们没达到最低消费要求，"张昕不耐烦地讲了几句情况后，忽然安静了下来，而后不住地点着头，"嗯、嗯，你接着说。"

张昕终于挂断了电话，她把手机顺势就放在了面前的桌上，转头对服务生说："你刚才说我们没达到最低消费？"

"是的美女，因为您坐的这个位置是我们店里最好的位置，是有最低消费的，您看您要不就再加点什么？"服务生态度虽好，语气却不容置疑。

"不用了，我来结账，钱呢，你就按你说的最低消费标准来收，但是东西呢，我就点这么多。哦对了，别忘记给我开发票。"张昕说。

"你疯了吧张昕，"朋友惊讶地说，"这不是白白吃亏吗，咱们还不如再点些喝的。"

张昕摆摆手说不用，一副自信满满的模样。

第二天，张昕按照李飞宇的指导，拨打了 12345 市民服务热线，投诉了酒吧设置最低消费，要求酒吧退还多收的费用。

属地市场监管所接到投诉后第一时间联系了张昕，张昕提供了这家酒吧要求最低消费的录音和消费发票。张昕能够提供如此齐全的证据，自然是多亏了李飞宇在电话中的指点。李飞宇在电话中告诉张昕，酒吧设置最低消费，就可以通过"12345"进行投诉，让她保留好证据。

事实清楚、证据确凿，酒吧最后将多收取的费用退还给了张昕。同时，市场监管所还要求酒吧限期进行整改。

对于这个结果，张昕自然是万分满意，连带着对李飞宇的态度也有所改观。

"看来你们这个部门还真是挺有用的，能给老百姓办点事。"张昕对李飞宇说。

"处理消费纠纷恰巧是我们的职责罢了。"李飞宇倒是很谦虚。

"不过，酒吧那种地方，空间狭小、人员密集，现在尽量还是少去为好，而且酒喝多了也伤身体呀。"李飞宇又补充了一句。

张昕发现李飞宇竟然教育起自己来了，但她毕竟是帮了自己一个忙，张昕也不好当面反驳，只好敷衍了几句。

## 四

其实不用李飞宇说，张昕也不会再去酒吧了。这次不愉快的消费经历让张昕一段时间内都会对酒吧敬而远之。

而且李飞宇的话，张昕在心里也是认同的，人活一世，有个健康的体魄比什么都重要。快三十的人了，熬夜工作再去酒吧有力不从心的感觉。

张昕决定对自己的健康重视起来，重视的方式就是去健身房。当然，张昕去健身也有别的目的。张昕的发小吴慧对她说，自己常年健身的健身房有几个常来的小伙子肯定是张昕喜欢的类型，如果办卡的话还能打折。爱美之心人皆有之，张昕虽然在父母面前避而不谈恋爱结婚，却也不想放弃正常的审美。

吴慧说的那家健身房在前门附近。前门位于中轴线的核心，是北京市的中心，正巧在张昕下班回家的必经之路上。

健身这种事最怕没伴，因为一个人很难坚持下去。既然有吴慧陪自己，张昕便兴冲冲地办了卡。

谁想张昕健身这事却又引来了李飞宇的唠叨："你办卡的时候签合同了没有呀？合同要认真收好，不然将来退卡的时候麻烦。"

"我办卡就是想一直在那边练，不想退卡。"张昕说。

"不是说你想退，可万一健身房撤店，甚至跑路了……"

"人家在那边开了五年多，是个老店了，怎么可能跑路？"张昕打断了李飞宇。

"不管怎么说，作为消费者还是要保护好自己的权益……"李飞宇依旧不放过张昕。

张昕被她说得不耐烦，干脆反守为攻："哎，对了，你要不要和我一起去健身啊？我跟你说，那几个教练小哥可帅了。而且你上班一天天坐在电脑前面那么长时间，久坐对身体特别不好，需要健身。"

"我……"李飞宇显得有些难为情，"我也不是老坐着，有时候还要出去检查呢。走路也能锻炼身体。"

"那能跟有专业指导的健身一样吗？"

李飞宇终于被迫说出了自己不肯去健身的真实原因："健身卡……太贵了，我还要攒钱买房呢，你知道的。"

李飞宇的话总让张昕心里头有些别扭。张昕一直觉得自己是个自食其力、独立自强的女孩，可李飞宇这么一说，对比之下，自己却有了几分"啃老"的意味。可李飞宇的话也是事实，北京距离李飞宇的老家八百公里，乘坐高铁不过四个小时，张昕对此也只有感慨。但李飞宇的话，仍然让她忘了李飞宇在上次酒吧事件中帮的忙，又一次有了种敬而远之的感觉。

出于这个原因，张昕没再和李飞宇主动提过自己健身的事，但没想到一个多月后，李飞宇竟然主动问起了她："张昕，你健身的那家店是不是在前门附近？"

"对啊。"

"是不是叫……"李飞宇说出了健身房的名称。

张昕觉得有些奇怪："你不是不想和我一起去健身吗，怎么突然关心起这个来了。"

"你办了一年的卡对吧？办卡的时候签合同了吧，发票也开了？"

"是办了一年的，至于你说的那些，我记不清了。你到底为什么要和我说这个？"

李飞宇皱了皱眉："不瞒你说，今天负责前门那片的同事和我聊天时偶然提起，说这家健身房有跑路的风险。因为健身房这类预付费型企业被投诉率较高，所以是我们重点监测的对象。前几天，这家健身房的物业方和市场监管所说，健身房没有续租的打算。目前我那同事正准备约谈健身房负责人，希望他们妥善处理退费事宜。"

张昕赶忙将此事告知了吴慧，吴慧却不以为然："人家五六年的老店能说不干就不干了？"

"我觉得咱们还是相信她吧。"张昕的模样看起来挺认真，"我觉得她说的话还是挺靠谱的。"

"你那个室友，你不是挺反感她吗？"吴慧问。

张昕这时才发觉，自己与李飞宇虽处处合不来，但其实心底里却对她充满了信任。不知为何，张昕觉得李飞宇总能给她一种安定感。两人刚在一起合住的时候，卫生间的地漏堵了。说来也奇怪，张昕在工作中无论遇到何种困难都能沉着应对、机智化解，但家里的这桩小事却让她慌了神。毕竟这种事过去都是父亲张春学在操持，张昕对此毫无经验，老小区又没有专门的物业公司。

"别慌。"李飞宇一边安慰张昕，一边在家中找寻合适工具，随后挽起袖子，蹲在地漏旁边，埋头干了起来。

张昕站在她身旁不知所措，第一次觉得自己在这个家中略显多余。"用我帮你做什么吗？"张昕问李飞宇。

"不用。"李飞宇头也不抬地答道。

"通了。"李飞宇再次抬头的时候只说了这两个字。

那一刻，张昕看李飞宇的感觉好像在看超级英雄。

张昕没有理会吴慧的说法，回家翻出了自己办健身卡时签订的合同。果不其然，第二天，张昕就接到了健身房的电话，通知她健身房即将停业，她可以将健身卡转去其他分店继续消费，或者到店办理会员卡退费。

张昕有些惊讶："我还是头一回见健身房专门打电话通

知会员退费的。看，刚才我没接到，还打了三个电话。一般来说，能贴张告示就不错了。"

李飞宇说："你可别说我在邀功请赏，这里面少不了我同事的功劳。前几天他们就约谈了健身房的负责人，要求他们安排专人，通过各种方式，务必将停业的消息通知到每一个会员。那个健身房有五百多个会员呢，每个人都会通知到。还有啊，我听说他们最初只想让你们转去其他分店消费。"

"你还别说，我发现你这个工作还真是对我挺有帮助的，你以后可得多教我点消费知识，免得我被坑。"

"这可太多了，比如实名制的预付费卡不得设置有效期。再比如'最终解释权归商家所有'这句话也是不合规的。我在单位就是负责'接诉即办'工作的，很多消费纠纷还要具体问题具体分析。"

"好吧。"张昕耸耸肩，"我现在只盼望明天能顺利把卡退掉，拿到钱。"

张昕的担忧不无道理。她按照健身房的告示来到了负责办理退费事宜的临时办公点，见门口早已排起了长队。张昕排了半个小时后，队伍逐渐躁动起来，焦虑的情绪极易传染，张昕也不免烦躁起来。

"到底能不能给我们退卡，要让我们等到什么时候？！"人群中不知是谁喊了一句。这如同引燃了炸弹的引信，排队的人们纷纷嚷了起来："对啊，到底给不给退钱？""收钱的时候可比现在爽快多了！""让我们来根本就是诓我们的吧？"

张昕原本不想说话，奈何排在她前面的一位大姐转过头来对她道："我看他们根本就是不想退钱，姑娘你说是不是啊？"

张昕刚想开口回答，从办公室里面走出了一位穿制服的中年男子，张昕认得他的制服，和李飞宇常在家里晾晒的制服一模一样。张昕看到了他，仿佛看到了李飞宇，心中顿时安定下来。中年男子一边安抚大家的情绪，一边保证说，如果今日办理不完，健身房的工作人员就不会下班。人群的躁动很快平息了，健身房也的确如约给每名会员都办理了退卡或转卡。

五

又是一个周末。李飞宇照旧想等隔壁张昕起床后再起来梳洗，没想到一早就听到卫生间传来的洗漱声音。李飞宇有些惊讶，打开房门问张昕："你今天怎么起这么早？"

张昕笑笑："跟你学的嘛，早睡早起身体好。"

张昕吃过早饭后就出门了，说是要去买牛肉片，带去父母家，和家人一起涮火锅。张昕出来自己住的这段日子，逐渐理解了父母的不易，况且如今张春学也放弃了催婚，张昕和父母的关系也缓和许多。

谁想未及晌午，就见张昕急匆匆跑进门来，手里还提着两大袋牛肉片。

"你不是要回你爸妈那儿吗，怎么又回来了？"李飞宇有些奇怪。

"别提了，我奶奶摔了，我得赶紧去医院看她。火锅也吃不了了。你帮我把肉放冰箱冻上。哦对了，这里有一袋牛肉片是买给你的。"张昕把牛肉片往李飞宇手里一塞，又火急火燎地出了门。

原来，张春学母亲早上出门散步时忽觉一阵头晕，站立不稳摔倒在地。幸而被好心的路人扶起送回家中。老人家看起来并没有伤到筋骨，但张春学两口子不放心，还是将她送到了医院，做全面的检查。

李飞宇看着手中的牛肉，心里明白张昕的意思。李飞宇之前帮了张昕不少忙，她想对李飞宇表示感谢。李飞宇晚上为了图省事时常自己在家煮面吃，张昕这次便买了牛肉片给她。李飞宇觉得，张昕虽说平时看上去大大咧咧，但很多时候心思还是颇为细腻。张昕离开后，李飞宇又习惯性地审视起手中的两袋牛肉片。

一周后，张昕的奶奶经检查并无大碍，顺利出院。张春学叫张昕补上之前的那顿火锅。

在父母家住了一周的张昕周末回来，从冰箱里取出牛肉片就要出门，却被李飞宇拦住："这牛肉片不能吃了。"

"什么？！"

"已经过期了，你自己看一下。"

张昕闻言看了一下手中的口袋："啊，我买东西老是忘看生产日期！"怪不得那天觉得这牛肉片还挺便宜的。

工作的原因，李飞宇对食物的信息比较敏感。她对张昕说，出去检查时，这是他们工作的一部分。张昕买的是快到期的牛肉片。"你一礼拜没回来，我吃了一袋，这袋就过期了。"李飞宇说："你忙，我就没打电话告诉你。"

张昕有点不甘心地看着李飞宇说："就刚过期两天，应该也没啥大问题吧？"

"还是不要吃了，就算买个教训吧。"李飞宇说，随后又给张昕讲了一些食品安全知识。

李飞宇提出和张昕一起去买牛肉片，张昕有些犹豫。李飞宇说："没事，我陪你一起去，保证没问题。"

张昕说："那多不好意思，大周末的影响你休息。"

"嗨，其实我也有私心。"

"什么私心？"

"我想顺路去买点炸糕、驴打滚什么的回来吃，馋了。"

"啊？"张昕有些惊讶，"你不是……不爱吃这些吗？"

"原来是不爱吃，不过后来看你吃得那么香，我就也开始试着吃，发现还真挺好吃。"

"看来人的口味也是会变的，"张昕眨眨眼说，"就和作息一样。"

## 六

露从今夜白，月是故乡明。

对于很多身在异乡的人来说，中秋这种阖家团圆的日子是最为难挨的。对李飞宇来说，也难免惆怅。李飞宇家中姐弟三人，她是老大，弟弟是老小，妹妹夹在中间。因此，从小她就清楚地知道，她要靠自己努力奋斗。她正是靠自己的努力才拥有了现在的生活。她当然思念父母亲人，另一方面她也渴望在自己现在生活工作的城市有一个自己的家。

企事业单位都喜欢搞团建，为的就是增强职工的归属感。但如今，归属感在李飞宇这里却成了"奢侈品"。离开了家乡，却又"不属于北京"，至少李飞宇自己是这么认为的。于是，李宇飞努力攒钱期盼买房，更期盼一个家。

今年中秋，李飞宇还未及感伤，张昕便对她发出了邀约："今天中秋节，去我家吃饭吧！"

"去你家？"

"嗯，我爸妈想谢谢你。"

李飞宇觉得有些不好意思。

"说起来你帮了我好几次，我爸妈也想跟你说声谢谢呢。"

"嗨，都是小事，不值得谢的。"李飞宇笑笑。

"我把你之前帮我的那些事都讲给我爸妈听了，他们说不光是作为我的爸妈，就是作为普通的北京市民也应该谢谢你。谢谢你为我们，啊不对，是为咱们北京做了这么多事。"张昕说完，不由分说地挽着李飞宇的手，拉着她出了门。

李飞宇抬眼望向天上那一轮明月，它不仅照亮了世间旅人的路，也照进了李飞宇的心。她在心中笑笑，归属感就像这皎洁的月光一直伴在自己左右，只是有时光顾着走路，而没有注意到。

『诉』描大运河：找寻自我

# 一

一缕茶烟自建盏中氤氲而上，随着墙上阴阳太极鱼首尾追逐、缠绕，直至消失不见。

"所以，你究竟为何而来？"身着淡灰色改良旗袍的女人举起建盏呷了一口，开口问道。

"为了，找到我自己。"

回答她问题的人是我，陈心怡。爸妈给我取这个名字，是希望我能事事顺心如意、永远怡然自得。事实当真如此吗？

说起顺心如意，其实我的确没什么不如意。我出生在北京一户普通得不能再普通的家庭，父母虽收入不高，但是家庭十分和谐幸福。父亲是名技术工，也是个老好人，亲朋邻里，谁家家具电器坏了，都会找他帮忙。母亲是名护士，为人干练，家里家外都是一把好手。结婚后，无论是娘家还是夫家，叔伯姑嫂，婚丧嫁娶，大事小情都是她一手操持。母亲家中兄弟三个，她是唯一的女孩。我曾问过母亲，为什么姥姥姥爷几乎都是她一个人在照顾。母亲说，对待家人，不能太计较，家庭和睦便是一切。

介绍完我的父母，便该说说我自己。遗憾的是，我并没有继承父母的心灵手巧。不过，这并不代表我是一个愚笨的姑娘。恰恰相反，我从小品学兼优，还通过了长笛十级的考试。没错，学习、考试这些我并不害怕。我害怕的是和人打交道。

"找到你自己？"

"是的，我想找到正确的方法，如何为人处世，如何说话，如何做事，如何……向别人呈现一个完美的自己。希望老师能够帮助我。"

我面前的老师教授的是一门特殊的课程，按照他们的表述，是运用国学传统理论解决当下实际问题，帮助提升人际沟通技巧和完善人生规划的实用性课程。当我看到他们宣传语中所说"帮助你了解'我'、了解'我的世界'、了解'我'的未来"时，我的心瞬间被触动。这不就是我一直在找寻的吗？

坐在我对面的老师也是这么说："那你来找我们便是找对了。我们的目标就是帮助学员发现自我，挖掘学员的天赋，帮助学员找寻自己的人生方向。可以和老师说说你有什么困惑吗？"

"困惑啊，唔……"

二

说到困惑还得从我大学毕业时说起。毕业那年，父母和我说，我性格相对内向，不擅长与人打交道，何况又是女孩，应该找一份安稳一点的工作。我按照他们的建议参加了公务员考试，并且成功考到了通州区市场监管局。

这个结果自然是令我们全家都欢喜不已。之所以当初报考通州，一方面是因为我家住城东，通勤方便一些；另一方面，也是最重要的一点，通州如今是北京市的副中心，作为一名土生土长的北京人，能够在这座城市的新中心工作，时刻感受这座千年古都新时代发展的脉搏，令我与有荣焉。

更幸运的是，我被分配到了通州大运河边的市场监管所。从小我便听过一句话：大运河上漂来一座北京城。大运河，开凿至今已有 2500 多年，是世界上距离最长、规模最大的运河，是一部书写在中华大地上的宏伟诗篇。通州古诗云：一支塔影认通州。燃灯塔矗立在大运河的北端，是京门通州的标志性建筑。据记载，明代漕运发达时期，从天津到通州的北运河上每年要承载两万艘运粮的漕船，官兵十二万人次，连同商船共三万艘。水道的开通不仅造就了远近闻名的"天津卫"，也成就了"江北水域聊城"等，就连苏州的水多粮丰，也有大运河的功劳。

每天上下班，都可以路过大运河畔，倒真应了我的名字："心旷神怡"。

我被分配到了负责登记注册的前台接待岗。之所以这样安排是因为领导认为我做事耐心细致，长相又十分有亲和力。说到这里不得不再多聊几句，市场监管局，是一个对于普通人来说既熟悉又陌生的部门。之所以说熟悉，是因为它的职能涉及百姓生活的方方面面，衣、食、住、行几乎都与市场监管有关；之所以说陌生，是因为几乎没有哪个市场监管系统外的人可以准确地说出市场监管究竟是做什么的。

其实，除去标准制定和认证认可等专业性较强的领域，紧贴民生的市场监管职能，基本可以分为三块：登记许可、市场行为监管和处理举报投诉。举报投诉，大多是针对第二项——不法的市场行为开展的。我参加工作那年，北京市大力推行 12345 "接诉即办" 工作。"接诉即办"，即市民通过拨打 12345 市民服务热线，反映日常生活中遇到的各类困难与问题，对应部门会在 7 个自然日内进行答复与解决。顾名思义，接诉即办，即接到投诉即刻办理。

扯远了，还是说回我的工作。登记许可，即为来访的市场经营主体办理、换发、变更营业执照和食品经营许可证等各类证照。除去这些主要业务，由于我是前台接待岗，我还要负责接待来访的人员，回答他们向我提出的所有问题，并且尽最大努力帮助他们达成诉求。从这个角度出发，有人肯定会认为，我的工作内容和那些出入 CBD 高端写字楼，坐在世界五百强公司前台负责接待来访者的打扮时尚的白领没有多大区别，唯一的区别大概就是我身上的这身制服。

不，不对，我和她们的差别实在太大了！参加工作前，"基层工作"这四个字我只在电视新闻里听过，没有任何直接的感受。而如今，我是感受极深。何为基层工作？那是每个老百姓的衣食住行、吃喝拉撒、喜怒哀乐。他们不是统计数据中的一个数字，也不是新闻中一闪而过的人脸，他们是一个个鲜活的生命，是你，是我，是我们的家人，是街上擦肩而过的陌生人。基层工作，这四个字意味着繁杂、琐碎，它轻如鸿毛，却压得我透不过气来。

# 三

"小陈，我出去检查啦，待会儿要有快递送过来就帮我放桌上吧。"同事龙辉和我打了声招呼后便风驰电掣地出门了。

"好的，龙哥。"我应了一声，猜测他大概率没听到我的回答。

我和负责执法检查的同事最大的不同就是我不必每日出去检查，经受狂风的洗礼和烈日的炙烤。不过有时候想想，每天出去转转也不错，毕竟毗邻大运河，还可以看到河景。

可惜前台工作并不容我有时间在脑海中进行这样的遐思。

"师傅，我要换照！""啪"的一声，证照已摔到了我眼前，布满了褶皱的双手支撑在桌上，凸起的青筋暗示着它主人急躁的脾性。

"老先生，您要更换营业执照吗？"来访者是一位老年男性，看上去花甲有余古稀不足，话音中气十足，面上却略显疲态。

我翻开摔在我面前的夹子，发现里面只有一张食品经营许可证。"老先生，您是要更换营业执照呢，还是更换食品经营许可证？如果是要更换营业执照的话，需要带您的营业执照来……"

话还没说完，我面前的双手青筋顿时暴起，老人的声音也如同炸雷般响起："我跟你说换照换照！你听不懂吗？你跟我说这些没用的废话干吗？"

"不是，我的意思是，"我尽力克制着由心底生出并迅速蔓延至全身的颤抖，尽量用听起来平静的语气说道，"您说换照，那通常就是更换营业执照，而您带来的这个是食品经营许可证。如果您要更换食品经营许可证的话，需要现场核查。负责您那片的同志姓龙，他刚刚出去检查了，等他回来……"

"你干什么！你这就开始糊弄我了，是不是？你这个小丫头真可以的，上来先给我说一堆绕口令，想把我绕晕，现在又把事推到别人身上。我告诉你，你少跟我来这套！今天这事你办也得办，不办也得办！我现在就坐这儿不走了，就盯着你给我办！"

"不是的。"我感到自己的情绪已经到了极限，"我没有推给别人。换发食品经营许可证需要执法人员进行现场核查，这是规定。"

"少跟我扯什么规定！"那双手在我面前快速地挥动，

"我就问你，你给我办还是不办？"

"我真的办不了，那需要……"

"我要找你们领导！我要投诉你！"

## 四

弄清事情原委后，领导并没有批评我，反倒安慰了我："做咱们这工作，遇到这种事很正常。心态放平，不用管别人说什么，做好自己，做自己该做的事。"

做好自己吗？可我又究竟是谁呢？

回家的路上，走在运河畔，我毫无征兆地哭了起来。从最初的低声啜泣到掩面而泣，引得路人频频侧目。我慌张地躲到一处无人的角落，蹲在台阶上将脸埋进臂弯。

我哭不是因为委屈，更不是因为愤怒，而是因为害怕。为什么？这种事居然会发生在我身上，我居然……让别人不满了？

我的父母都是极受欢迎的人，他们时时刻刻都在顾念周围人的感受。从小到大，耳濡目染，言传身教，我所习得的都是要让身边所有人开心、满意。而我今天，居然被人投诉了？

白日里那位大爷的咆哮如同魔咒般在我耳畔不断回响、环绕。我发疯一般紧紧掩住双耳……

自从工作以来，我努力地学习业务，拼命地和同事搞好关系，热情周到地接待每一位来访者，为什么……为什么还会这样？

"为什么你会被投诉？回答这个问题非常简单。因为你没有掌握有效且容易让对方接受的沟通方式。跟着我们的老师学习课程，可以帮你分析理解人与人之间发生冲突矛盾的几种类型和其背后的原因，帮助你掌握化解矛盾的方法。同时通过教授高情商对话，让你今后避免类似矛盾的发生。"坐在我对面的老师不疾不徐地说。

"我……真的可以吗？"

"当然，"老师肯定地说，"你很聪明、悟性高，最重要的是，你有一颗善良的心。"

善良的心吗？

是的，我想。对于这个问题，我完全可以自信地肯定自己。

这件事之后的一天，到了下班时间，同事陆续离开单位，走廊的灯一盏盏熄灭，我也脱下了制服，换上了便装。

突然一个声音响起："请问，你们这里是……市场监管吗？"

"是的，请问您来办什么事？"我瞬间换上了一副专业的表情，即便是已经到了下班时间，也没有把来访者往外赶的道理。

"请问，你认识××吗？"

我一口气呛在喉中，不由得连连咳嗽起来。她报出的名字我在开会时听过。我预想了各种来访的事由，唯独没想到这条。

"知道倒是知道，就是可惜他不知道我。"我无奈地笑笑。

"那你能帮我联系到他吗？"

"大姐我跟你讲啊，总局下面有北京市局，市局下面有通州区局。我们这儿呢，只是通州区局下辖的一个所，差着好多级呢。不是我不想帮您，是我实在心有余而力不足。"许是这位说话怯生生的中年妇女触动了我的心弦，我并没对她这一离谱的要求有啥反感，反倒耐心地给她解释起来。

"哦，我看你们门牌上写着市场监管，我以为……你们都是一起的……小姑娘，我不是来无理取闹的。"

她从包里掏出一本泛黄的相册，翻开一页指给我看："这是我爸。"

"您父亲年轻时真精神。"这不是一句敷衍的夸奖，照片上中年女子的父亲英气逼人。

"可惜，他现在……"那女人的语调转为哭腔。和普通人宣泄的痛哭不同，那是一种压抑的哭泣，似哭非哭，好像人被逼进了极窄的缝隙中，只能拼命收紧自己。

从她断断续续、颠三倒四的讲述中我大概拼凑出，她母亲重病时，父亲为了给母亲治病，遭遇了诈骗，被骗走了全部积蓄。母亲没救活，父亲却也病倒了。她走投无路，不知该向谁求助。

我听后叹了口气，平生第一次感觉到了什么叫心有余而力不足。我帮不了她任何事。

"谢谢你啊小姑娘。"

我一惊："谢我？谢我什么？"

"谢谢你愿意听这些。我知道你帮我做不了什么，也许，没人能帮我。但是唯有你，愿意听我说这些……"

她说完后转身离去，留我在当场愣了许久。

## 五

何为高效沟通？我认真地梳理了笔记，对着镜子练起最具亲和力的微笑，和让人愉悦的高情商对话。

"这样总没问题了。相信自己，你可以的。"睡前，我对镜中的自己说。

可惜事不遂人愿。

这一天来的是一位三十出头身着休闲西装的男士。他一进门便对我说："我来取照！"言之凿凿，不容置疑。

"是有人通知您今天来取照吗？"

"对啊，你们打电话通知我来的，说我的营业执照制作好了。"

我很确定今天我们所里没有制作好的营业执照，更不会有人打电话通知他。

"您的企业名称是什么？我帮您查询一下。"其实我心里早就有了答案。果然，"这应该是政务中心打电话通知您的，您找错地方了。政务中心就在街对面，您出门沿着河边走，过一个红绿灯之后右拐……"

"什么，让我去别的地方？你这就算把我打发走了？"

"不是打发，您去那边会有专人负责您的营业执照。"

"行。"男子重重地点了下头，"你等着，你要是敢遛我，回头我就投诉你。"男子甩下这句"狠话"后消失在门外。

又要被投诉了吗……我苦笑着想。

"又被投诉了啊……"领导突然走过来，似笑非笑地看着我。

"我……"

"没事,不用解释。我都听到了。你处理得没问题。你做了你该做的事,没有错。我和你说过的,不用管别人说什么,做你自己就好。"

# 六

"怎么样,学习效果如何?"老师问我。

"很好。"我回答。

"这么说来,你已经掌握了高效沟通的方法?"老师又问。

"不是,"我说,"我已经……找到了我自己。"

没错,我已经找到了我自己。

过了半个月,那个男子又来了。这次的他神色焦急:"同志,你得帮帮我。"原来,他在网上申请更换食品经营许可证时法人信息填错了,他想撤销却没办法操作。

事实上他的企业并不在我们所的辖区,但是那边的市场监管所暂时无法受理业务,为了不耽误经营者办理相关业务,我们作为距离最近的市场监管所,暂时接下了相关接待工作。

但我也没有网站后台操作权限，我与相关部门的同事反复沟通，花了大半天的时间，总算帮他解决了问题。

"谢谢你啊同志。你看，我也不属于你们管片儿。这网上的事，也不是你的业务。你还这么帮我……"

"不用谢，我能理解你着急的心情。"这倒是我的真心话。

"真的谢谢你啊。"他忽然挠挠头，说道，"上次的事……我是说上次我找错地方的事，你还记得吗？"

我当然记得。

"你……还生我气吗？"他问我。

"没事。"我笑着说道，虽然这并不是我的真心话。

"对不起，我跟你道歉。"他说，"那天的确是我误会你了。我找不到路，有点着急，所以……总之是我不对。你给我指的地方特别对，我到那儿立刻就取到我的营业执照了。真的谢谢你。"

"真的没事了，不用放在心上。"这话不好说是真是假。

"其实……还有一件事。那天那个老头，是我爸。"

"哪个老头？"我一时间没反应过来。

"就是那个……来你们这儿换食品经营许可证的。他没说清楚，还要投诉你。其实，他那天心情不好。"

这可真是不是一家人不进一家门，我心想，父子俩居然都要投诉我。

"他吧，老想让我接他的班，可我嫌他那里乌烟瘴气的。那天他刚跟我吵完一架，就来了你们这儿，所以……我替他跟你道个歉。"

"那你这个……"我看了下他许可证上的信息，和我印象中上次那位老者的不太一样。

"哦，嗨，我不愿意接班是因为之前跟朋友合伙开了间酒吧。年轻人嘛，都喜欢这个，你知道的。不过……我也想了，这两年餐饮业不好干，我打算回去帮帮我爸，所以这不是把法人变了吗。"

原来这里面还有这么一段故事，这倒是我没想到的。

"谢谢你啊。"男子临走前突然转身对我道，"这两年餐饮业确实太不容易，但是有你们这么替老百姓着想，我想一切都会好起来的。"

## 尾声

"找到你自己？"老师问。

"对，坚持做我自己，做我自己认为正确的事，不管别人怎么说。我想，我不会再迷失方向了。"

# 『诉』描京西：『二孩妈妈』的独白

## 一

　　我焦急地盯着手机的时钟，终于，时间的末尾数字从"9"变为了"0"，我从座位上一跃而起，提起书包飞奔出门。

　　你问我为什么这么着急？因为我是一名"二孩妈妈"，一到下班的点，我就一分钟也不能耽误，赶紧跑去学校接孩子。

　　哦对了，差点忘了介绍我自己，我叫刘萌，是一名"二孩妈妈"。

　　去学校的路上，我的手机忽然响了。谁呀，这个时候来电话，耽误事。我在心里不住地抱怨。

来电人显示为"金全"，这让我有点惊讶。

"全哥，啊不，金处，你这大处长怎么有时间给我打电话？"

"什么金处啊，你别损我了。萌萌啊，我有事请教你。"

金全，和我同一年考进系统，最初和我一样都是在所里工作。他是法律系高才生，因为出色的专业知识和极强的业务能力，只在所里工作了一年便调去了分局法制科，后来又遴选去了市局，如今他已是市局的一名副处长。

如同古代科举同年考中的举子有"同年之谊"一般，我们同一年考进单位来的人，感情也会格外亲近些。

"全哥，你可是咱们全系统有名的专家啊，怎么会有事需要问我？"

"嗨，你知道的，我闺女还小，结果前几天打针后，浑身起疹子。那么小的孩子，我看着都快急死了。"

原来是孩子的事。

"那赶紧去医院啊。"

"去了，医生给开了药，可我还是不放心。你知道的，我这初为人父，一点经验没有。我寻思这方面你应该有经验。你说她反应这么大，不会有什么……"

"不会的，医生说没事就是没事。俗话说，三冬三夏，养个娃娃。三岁前小孩子难免有这样那样的问题，做父母的一定要放宽心。"

"哎，你这么说我就放心了，还是你有经验。你不知道这两天我是怎么过来的，心里太煎熬了。"

我笑了："全哥，你对孩子还真是心重呢。"

"嗨，头一回当爹嘛，没经验，不像你。"电话那头的金全说。

虽说我俩年龄相仿，但他一心扑在工作上，结婚生子比我晚了不少年。

"萌萌，你最近怎么样？"

"还行，还是……老样子。"如果说市局的工作像川流不息的江海，那么所里的工作就如同深井里的水，深不见底。每日有干不完的工作，很多时候却又一成不变，一些工作是重复性的、程式化的。我们这些工作人员，就如同每日从井里打水的人一般。

"也好，所里压力没那么大，方便照顾家庭。毕竟你有两个宝贝嘛。咱们那批人里，我最羡慕你，儿女双全，还把家照顾得那么好。"金全的这通恭维听得我心里却很不是滋味。事实上，从他一开始不停夸我"有经验"，我心里就已经开始不快了。

"你呢，你怎么样？在市局的工作还顺利吧？什么时候升处长啊？"我顾左右而言他。

"哦，那个，忘了和你说，我现在不在市局了。"

"啊？"

"咱们总局不是新成立了二级局反垄断局吗？领导把我调去反垄断局了。"

又高升了啊……去总局意味着什么，这个我懂。

"恭喜你啊，又高升了。"我努力让自己的语气听起来令人感到真诚和愉悦。

"嗨，什么高升不高升的，你知道的，我这人在哪儿都是干工作。"

"不和你说了全哥，我接孩子去了，有空再聊。"我匆忙挂断了电话。事实上，我离学校还有一段距离，挂断电话是因为我觉得如果再不挂断，我就伪装不下去了。

此时此刻的我有些怅然若失，又有些无能为力的感觉。和金全不同，我是新闻系毕业的。刚工作不久，我便怀了孕。休完产假后，我回到所里拼命工作，不到一年，我就因为出色的文笔被借调到了分局办公室。可在那里工作了不到半年，我又怀上了二宝，局里为了照顾我让我回所里工作。等我再次休完产假后，没人再和我提借调的事，我也没了当初的心气。

"你究竟有什么不爽的呢，刘萌？这一切不都是你自己选的吗？"我在心里问自己。

二

没错，结婚，生二孩，都是我自己的选择。这世间的事情，本就有失必有得，有得必有失，成年人总是要为自己的选择负责。而且就如金全所说，我还有两个可爱的宝贝，虽说大多数时候，我都被他们吵得头疼。

生孩子这种事，谁生谁知道，不生永远体会不到，老辈人时常这么说。但要真有重来一次的机会，我该怎么选择？但这世上没有时间机器，所以我只有继续努力当好我的"二孩妈妈"。

晚上把两个孩子接回家，我正准备做饭，手机却响个不停。打开一看，是老师发来的布置作业的微信。孩子有时候会抱怨我总看手机，冷落了他们，殊不知我看手机有一半的时间都是在为他们服务。老师布置作业的微信自然要在第一时间回，老师给家长反馈孩子在学校的情况更要第一时间回复，还要说一句"老师辛苦了，谢谢老师对我家孩子的关心"。就连逢年过节，家长们都要争先恐后地祝福老师节日快乐。

今晚，先是老大的老师要求家长利用周末带孩子去西山郊游，参观西山的无名英雄纪念广场，借此为孩子讲述那段历史。西山的无名英雄纪念广场，是为纪念二十世纪五十年代为国家统一、人民解放事业牺牲的大批隐蔽战线上的无名英雄而建，正中观景墙上有题诗："惊涛拍孤岛，碧波映天晓。虎穴藏忠魂，曙光迎来早。"我在结婚前倒是很爱看谍战剧，那种惊险刺激、扣人心弦，让我时常熬夜刷剧，还曾幻想过自己也能成为一个无名英雄。他们承担最多、付出最多，名字却不能被公开，功绩藏于史册，这实在需要极崇高的情怀才能做到。

无名英雄……我突然想到，承担最多、付出最多，却很多连名字都不能留下，这样的无名英雄，说的不就是"妈妈"吗？

我没有自怨自艾的时间，赶紧又查看二宝的老师发来的微信，要孩子写一篇作文："我眼中的妈妈"。

我无奈地苦笑了一声，我眼中的妈妈，我家老二会怎么写这篇作文？

"我的妈妈她是一个二孩妈妈，她每天都要照顾我和姐姐。早上送我们上学，中午出去买菜，下午接我们放学，回家给我们做饭，晚上给我们辅导作业……"

看来不用他写，我已经替他构思好了全文，晚上辅导作业不用愁了。我得意地想，只是这得意中透露着一股淡淡的苦涩。

# 三

"刘姐，来了一单投诉，是您的片儿。"同事小唐把一张 12345 工单递给了我。

是啊，我除了是一名"二孩妈妈"，还是一名市场监管工作人员。我所在的市场监管所在北京城西，永定河畔。

永定河水孕育了北京城、北京人和北京文化，是北京的母亲河。发源于山西桑干河、内蒙古洋河和北京妫水河的三大支流在官厅附近汇合，以下河段始称永定河。永定河最早的名称是水，晋代下游曾称清泉河，隋唐时期称为桑乾河，辽金以后直至清初上游仍称桑乾河，中下游称卢沟河，因河水含沙量高河道迁徙无常，俗称浑河、无定河。清康熙三十七年（1698年），清政府在卢沟桥以下至当时的狼城河河口两岸筑堤后，为求河道永久安定，造福民众，康熙赐名永定河。

"永定河，出西山，碧水环绕北京湾"，北京西山是北京西部山地的总称，属太行山脉最北段，明代以来称为"太行之首"，宛如腾蛟起蟒，从西方拱卫着北京城，因而被誉为"神京右臂"。北京西山的地理范围北起昌平区南口关沟，南抵房山区拒马河谷，西至市界，东临北京小平原。总体呈北东—南西走向，长约90千米，宽约60千米，面积3000多平方千米，约占全市面积的17%。

西山与永定河所在的区域，既拥有丰富的自然景观资源，更沉淀了丰厚的历史文化资源。现在是北京市重点建设的"三个文化带"之一的西山永定河文化带。这里以古街古镇、传统村落、寺庙群、古道为载体，以京西京南民风民俗为代表，京味文化浓郁。

西山永定河文化带还有以琉璃河西周燕都遗址、金中都遗址、清代皇家园林三山五园、明清皇家苑囿南海子、京南永定河治理工程等文化遗产为代表的古都文化。

更要说的是，西山永定河文化带的红色文化地位独特、内涵深厚，是北京红色文化的重要组成部分，在长辛店、卢沟桥、斋堂、香山等处形成红色文化资源集聚区。

我工作的市场监管所就位于这美丽的西山永定河文化带上。我是所里一名"管片儿"的专管员。过去专管员的主要工作是执法巡查和处理 12315 投诉举报。北京市大力开展 12345 接诉即办工作以后，处理 12345 工单，也成为专管员的一项重要工作。

"这秦女士……"我盯着手中的工单喃喃道。

"哦对，我都有印象，好像她三个月前刚投诉过，也是投诉这个张三家常菜。这回又投诉他们，不知道什么仇什么怨。"小唐说道。

三个月前，我刚从退休的同事洪哥手里接过这一片区。当时这个秦女士的确也是投诉了这个张三家常菜，不过在那之前，还有一张投诉单。

"我记得这个秦女士家，离小区里设置的垃圾桶比较远。这个张三家常菜门前有个垃圾桶，离秦女士家比较近，她每天出门也正好要路过张三家常菜门口，就顺手扔在他们那儿了。可是因为这个秦女士家里的生活垃圾太多、味道太大，有个路过的人就把张三家常菜给投诉了。当时那张单子也是我处理的，我让他们把垃圾桶拿进屋里去，他们照做了。于是这张投诉单完美解决了，得了个双是[1]的答复。"

可是万万没想到，垃圾桶刚移走，秦女士的投诉单就来了。她的诉求很简单，就是要求张三家常菜把垃圾桶移回原地，让自己能够继续扔垃圾。这可难坏了张三家常菜的老板张平。最终，还是在他店里帮工的外甥女高宁想出了一个办法，去网上买了防臭垃圾桶放在了原来门外的位置，又要求店里的服务员经常前去处理垃圾，这才换来了秦女士一个"双是"的答复。

小唐抱怨道："你说说，这都让她扔垃圾了，她还来投诉人家，说是人家饭馆给自己家招来了老鼠。哦，对，最离谱的时候，还投诉人家无照经营。你这说这不是开玩笑吗？人家张三家常菜都在咱们这边开了十几年了，要是真无照经营，不是早给查封了吗？当咱们这部门是摆设吗！"

"不管怎么说，单子既然来了，咱们就得按照流程去现

---

[1] 即 12345 中心对来电人进行回访，询问来电人问题是否解决，对处理部门工作是否满意，若回答为已解决、满意，即为"双是"工单。每个季度会对处理 12345 工单的各部门进行考核，按照工单的"双是"率进行排名。

场走一趟，查验他们的证照。当然，主要是看看，那个老鼠到底是哪儿来的。"

"行，现在真行了，市场监管局还得负责抓老鼠。正巧，加上咱这身制服，以后咱就叫黑猫警长得了。"

这工作的确琐碎，年轻人抱怨一下也能理解。我劝慰道："食品卫生是咱们职能的一部分啊。你还是赶紧戴上帽子跟我出现场吧。"

张三家常菜证照齐全这是我们早就掌握的，出现场拍照片也是按规定必须的。张平没在店里，接待我的是高宁。

"刘姐，您过来检查啦？"高宁一脸热情地迎上前来。

"有人投诉因为你们店里卫生有问题，所以给她家招来了老鼠。"

"谁呀这是？"

"秦女士。"按照工作规定，是否将投诉人信息告知被投诉人，要征询投诉人的意见。秦女士同意我们将她的信息告知张三家常菜，所以我便和高宁直说了。

"又是她。"果不其然，高宁撇撇嘴道。

"您来查吧，我们店里一切都是符合卫生规范的。"高宁对我说。

我和小唐前去后厨进行检查，查验了相关设置和各项记录，的确都符合要求。

"您看看，我们店里哪有老鼠！哦，或者说，她家的老鼠又怎么会跟我们店里有关系？而且我们店虽说离她家不远，但也没那么近啊，这都符合咱们这边的规定的。怎么就她投诉说有老鼠，这街坊四邻也没别人说啊。要有也不该只她家有吧！还有，最最关键的是，我们这店都开了十几年了，那过去十几年也没有过老鼠啊，怎么现在突然就有老鼠了？刘姐，您说说这事，它符合逻辑吗？"

高宁连珠炮似的话语，倒叫我没了言语。说起来这张投诉单的确诡异，我一时间也没了主意。

"既然投诉单来了，我们就得处理。这是我们的工作。"我说。

"姐，我理解您，我们也想帮您把这张单子办好了。可……可我们实在不知道该怎么办啊。要不然……她不说她家有老鼠吗，我叫点灭鼠的人去帮她灭鼠？"

高宁的话倒是提醒了我，我得先去了解下秦女士家老鼠的情况，看看问题是不是出在老鼠身上。

"哦对了，"我突然想起来了什么，"最近怎么一直没看到你舅舅？"

"前一阵子我舅妈老家有点事，他陪我舅妈回老家了，就一直没回来。"

# 四

我给秦女士打电话问她是否愿意让我们上门帮她解决老鼠的问题，秦女士同意了。我和小唐去了秦女士家，秦女士五十出头，整洁的面容上有着几丝皱纹，倒是与年龄十分契合，她盘了一个利落的发髻，隐隐可见银光闪现。衣着并不入时，虽是十多年前的款式，却没有一丝脏污和褶皱。秦女士请我们去了她家厨房。她家厨房面积不大，装修老旧，采光也不是很好，但因为她一个人独居的缘故，厨房很干净，没有杂物。

"那个……老鼠……一般在哪里出没？"小唐问秦女士。

"这里、那里，还有……那里。"秦女士指着水池、垃圾桶、管道等地方对我们说。

放眼望去，鼠迹难寻。

"老鼠一般什么时候出没？"小唐又问。

"随时都有。"秦女士异常肯定地回答。

"可……我们现在没看见。"小唐鼓起勇气说。

"那就是晚上。老鼠肯定是晚上出来嘛，白天它怕人。要不你们晚上来吧。"

小唐一脸尴尬地望向我。

我灵机一动，忽然问秦女士："您家有什么被老鼠咬过的东西吗？我拿着东西替您去找张三家常菜索赔。"

"这……"秦女士为难起来，"没……没咬过什么东西。"

"对呀，虽说我们现在逮不到老鼠，拿到它咬过的东西，也算是'罪证'了。"

"没有！"秦女士突然不耐烦起来。

"要不我们帮你约个专业灭鼠的工作人员来上门服务吧。老鼠药一撒，保准给老鼠来个一锅端。"

"老鼠药，不行不行，万一被误食了怎么办？"秦女士表示反对。

小唐环顾了一周，说："不会吧，您家也没养宠物，就您一个人，怎么会误食呢？"

"不要！就是不要！"秦女士忽然急了，拼命把我们往门外推，"你们给我走！"

# 五

"我就说吧，这个秦女士根本就是在编，哪有老鼠！"一回到所里，小唐就愤愤地对我道。

"咱们走了以后，高宁联系她了，提出给她一些经济上的赔偿，做生意的人嘛，就是想息事宁人，可是她也没要。"

"啊，那就邪了，我原以为她这么投诉是为了钱呢，原来不是，那是为了什么？真想逼得人家饭馆关张吗！"

小唐的这句话突然提醒了我，没仇没怨，那为什么？没错，也许这位秦女士和张三家常菜之间的确有些渊源。不然的话，一个商家为什么会平白无故地让一个居民在自家垃圾桶里倒垃圾，而且只让她一个人倒，莫非……

我拨通了退休同事老大哥洪哥的电话："洪哥，实在不好意思打扰你。我遇到点麻烦，得请教您。"听完事情的原委后，洪哥爽朗地笑了："嗨，这事啊，你要早问我就好了。那个姓秦女士和张三家常菜的老板张平，他们俩原来是同学、发小，从小一块长大，后来……还处过一阵子对象……"

"啊……"我一惊。

"对，不过后来俩人没成，至于没成的原因，我也是听咱们那片儿的老街坊说的，有的人说是秦女士她妈，就是老丈母娘没瞧上这个女婿，说她妈想让闺女嫁个有正式工作的，但是这个张平非要自己开饭馆。她妈嫌不稳定，就没让两个人结婚。还有种说法，说是这个秦女士得了病，是那方面的病，影响生育。张平他妈不同意，把他们拆散了。反正说什么的都有。总之后来他们分开以后，张平倒是结了婚，但是这个秦女士啊，就一辈子没嫁人，一直一个人生活。"

"哦……"我似乎明白了什么，"太谢谢洪哥了。"

"别这么客气。我管这片儿年头久了，这些事基本都知道。你刚接手没多久，不了解也正常。有事你随时打电话问我。"

# 六

我再一次来到了秦女士家。"秦女士，"我说，"您投诉的老鼠的事，我们对张三家常菜进行了检查，证照齐全，虽说他们各项设施和操作都合规，但我也对他们进行了提醒，要求他们注意食品卫生问题，时刻不能放松。他们店老板张平前一阵子去了外地，一时半会儿没回来。不过，他这周之内就回北京了。他说了，等他回来，第一时间就来找您，为这段时间给您带来的不便向您道歉。"

"他说他……来找我？"秦女士一愣。

"嗯，他说他……也好久没见着您了，想和您好好聊聊。"

"他……真这么说的？"秦女士喃喃自语，"原来是去了外地没回来啊，我还以为……"

"哦，对了，张平的外甥女高宁您认识吧，这丫头最近正在自学相声呢，嘴皮子练得特别溜。她说她想请您帮个忙。"

"我？给她帮忙？"

"嗯，"我点点头，"她没事就想过来找您，让您帮她听听她最近练的贯口顺不顺。"

"这……好吧。"秦女士答应了，嘴角漾起了一丝笑意。

让张平时常来和秦女士聊聊天，张平的爱人就算再大度，也难免会有想法。高宁本就口才极佳，让高宁来陪秦女士，这是我和高宁共同想出来的办法。

"那么请问，您的诉求得到解决了吗？"

"得到了，得到了。"

"那您对我们的工作是不满意、基本满意、满意，还是非常满意呢？"

"非常满意；非常满意。"

"双是"得到。我在心里露出了得意的微笑。

## 七

翌日一早，秦女士出现在了市场监管所门口，把我吓了一跳。

"同志，你放心，我不是来投诉的。"秦女士赶忙对我道，"我是想问问，你叫什么名字？那天你和我说了，我没记住。我想给你送一面锦旗。"

"这个真不用。"我连连摆手。

"同志，你不知道我……"秦女士一开口，竟带着哭泣。

"怎么了，您慢慢说。"我将她拉到一旁的会客室坐下，递给了她一张纸巾。

她微笑着接过来，说："都是女人，我也不怕你笑话。你应该也知道，我和老张，曾经有过那么一段。可我俩为什么没成，其实没人知道。"

她的话勾起了我的好奇心，说真的，我也的确想知道，两人究竟有着什么样的恩怨。

"21 岁那年我中专毕业，去工厂里工作，进厂前体检，医生说……说我身体有毛病，不好怀孕，就算怀上了也留不住。你知道的，我们那个年代，不像现在，医学这么发达，好多人生不了，也的确没法子。从医院回来以后，我大哭了一场，哭完之后我寻思着，我这样子要是跟人家结了婚，那不就是耽误人家一辈子，让人家断子绝孙吗？所以我跟他说，我妈嫌他开饭馆，不是正经工作，不让我跟他好。我俩就这么断了。可后来他偏偏在我家门口开了间饭馆，我想这也好，做不成夫妻，每天能瞅见他一面也行。我每天故意上饭馆门口去扔垃圾，也是为了能看他一眼。前一阵子，我看他老不在店里，以为他出了什么事或是故意躲着我，这才去你们那里投诉，想着这处理投诉，老板总得出面。同志，给你添了这么大麻烦，真对不起你。难得你还……那么替我着想，让高宁那丫头过来陪我聊天。"

"没事，这都是我们应该做的。"

"真的谢谢你啊……这么多年，你是唯一一个肯这么替我着想的人。这么多年，你也是唯一能让我把真心话讲出来的人。"

# 八

这段凄美的爱情故事，让我大受触动，这在我平凡的工作中也并不常见。回到家中吃晚饭时，我抑制不住心中的兴奋，把来龙去脉讲给了爱人听。

爱人听后感叹道："这事可真够曲折的。"

"是啊，太曲折了，就是可惜了，我不是作家，不然都能写成小说了。"

"爸爸妈妈，你们在说什么呀？"一旁的儿子见状跑过来问道。

"说的就是你妈妈在工作中付出了很大的努力帮助了一个需要帮助的人，人家很感谢她，说明妈妈很善良，而且很厉害哦。"爱人对儿子道。

晚上辅导作业时，儿子把作业本递给我："妈妈，我把作文写完了。"

我听后不由得火冒三丈:"什么,老师好几天前布置的作业你居然今天才写完!"

"没有,老师说最晚明天交。"看来是我最近忙于工作,把孩子作业的提交日期都忘了。

"再说了,这是作文,写作文需要灵感啊,哪能说写就写!我今天刚有灵感,所以今天才写完。"儿子振振有词。

"还灵感,你还把自己当作家了。"我白了他一眼,顺手拿起他的作文认真检查:

### 我眼中的妈妈

我的妈妈平时在家负责照顾我和姐姐。但她在单位里是一个很厉害的人,她刚刚在工作中帮了一个很需要帮助的人,人家很感谢她。其实,她经常做这样的事,经常在工作中帮助别人。我的妈妈就是这样一个非常、非常善良的人。我爱我的妈妈。

虽说,让这么小的孩子理解市场监管工作的内容和意义还太难,但是能将正确的价值观言传身教给孩子,我想我这个"二孩妈妈",当得还算合格吧。

『诉』描长城：梦回

一

　　"母后，儿臣一定会从瓦剌回来的，您千万不要把皇位给弟弟啊，不要啊……"

　　"镇儿啊，不是母后狠心，国不可一日无君，你在瓦剌那么长时间，这大明朝谁说了算啊？你就先让你弟弟当会儿吧。"

　　"大玉儿，你居然还和多尔衮纠缠不清！我，我饶不了你们！"

　　"你可拉倒吧，没有我，咱们儿子皇位能坐得稳吗？我为爱新觉罗家付出了这么多，你还骂我，可真没良心！"

　　"儿啊，不要怪父皇心狠，要怪就怪你生在帝王家。"

　　"啊，父皇不要杀我……"

"哎，不对，我到底是孙若微，还是孝庄，还是独臂神尼啊！你们能不能统一一下，这转换得太快我受不了……"

"你就是那个灵灵灵灵灵……"

"丁零零零零……"李飞宇被闹钟惊醒。在自己经常刷的古装电视剧中穿越的她挠了挠头，还没弄清自己到底穿越到了谁身上，梦就醒了。

又要去上班了。李飞宇在心里叹了口气。

"啥时候真让我穿越一回啊，"李飞宇在心里想，"哪怕是穿回去当个宫女也行啊。不行不行，当宫女太危险，说话办事稍不留神就会被赏赐'一丈红'，就我这智商，恐怕活不过半集。要不还是穿成娘娘吧，争宠？哼，我才不要呢。要不直接当太后？太老了，我还年轻呢。"

李飞宇酷爱古装宫廷剧，剧里精美的妆容、华丽的服饰、恢宏的建筑，还有凄美的爱情，都让她着迷。至于真实的历史嘛，她倒并不想去追究。

## 二

"终究还是要上班……让我看看，今日是哪张单子？"

作为市场监管工作人员的李飞宇打开电脑里的"接诉即办"系统，点开"待签收工单"。

"投诉古钱币鉴定……这什么呀……"虽说偶尔有着不切实际的幻想，但李飞宇工作起来还是十分认真的。

这张12345工单的投诉内容较之其他投诉略显复杂。来电人胡先生说，自己购买了一枚古钱币，来到李飞宇所在市场监管所辖区内的一家工艺品鉴定公司进行鉴定，第一次的鉴定结果为真。可没过多久，胡先生又找他们再次鉴定，这次的鉴定结果却是假的！这可急坏了胡先生，胡先生一怒之下打12345投诉了那家鉴定公司。

按照12345工单处理流程，李飞宇首先打电话联系了投诉人胡先生。没想到胡先生在电话里讲述的情况更为离奇："同志，我跟你说啊，我是被这家公司给坑了。我买的时候，我的意思是说，我准备买的时候，我就拿着那枚古钱币去他们那儿鉴定。他们告诉我说是真的，我就买了。结果，嘿，我买完以后再拿去他们那儿鉴定，他们居然说我那钱币是假的。虽然这枚古钱币也挺普通，但也不能这样吧。你说气人不气人！"

"这确实有点……"李飞宇挠头，这单子确实不好办。

"您先别着急，我去跟商家了解一下情况。"挂了胡先生的电话，李飞宇联系到了鉴定公司的负责人魏先生。

"同志，我跟你说，我们也不愿意发生这种事啊。但专家有自己的鉴定方式和技巧，所以同一样东西不同的专家看，结果就有可能不一样。我们都是按照规定和流程给他完成的鉴定，并没有不合规的地方。而且对这枚古钱币我们是口头鉴定，不提供书面证明。不能因为我们最后鉴定结果是假的，就让我们赔给他一枚真的古钱币吧。这要求……这要求也太不讲理了吧，要都像他这么干，那我们鉴定公司就别干了。我们说是假的，就让我们赔给他真的，您说说这像话吗？"

胡先生之前的确说过要求鉴定公司赔给他一枚古钱币的话。李飞宇对魏先生解释道："我们的工作呢，是消费调解。是希望通过我和你们两方的沟通，最终使你们达成一致，得出一个双方都能接受的解决方案。您放心，不合理的诉求呢，我们是不会支持的。但是胡先生呢，他也的确有他的苦衷。他说他在购买之前先找你们鉴定，你们说是真的，他才买的。但是购买后你们又鉴定说是假的，这就可能造成他的经济损失。"

"哎哟，"魏先生连连喊冤，"对他的东西，我们只负责给一个鉴定结果，买不买是他的事啊。再说了，我刚才说了，专家有自己的鉴定方式和技巧。他前后两次来找我们鉴定，虽说是同一件东西，但是我们是不同的专家给看的。我们鉴定是假的，他要是觉得被骗了，就去找卖给他古钱币的人啊！"

李飞宇心想，魏先生的话倒也不无道理，胡先生现在之所以这么着急，是他觉得自己买了假的古钱币，遭受了经济损失。如果能找到卖他古钱币的商家，帮助他协调将古钱币退掉，胡先生也就不会让鉴定公司来赔他的古钱币了。就算卖他古钱币的商家不属于李飞宇的辖区，李飞宇也可以发协查函，让兄弟所帮忙调解。

李飞宇再次致电胡先生，询问他购买古钱币的途径。而胡先生的回答让李飞宇大跌眼镜："我是从一个朋友手里买的，就是微信上的朋友。不过人家特别局气，当时答应我先拿货、后给钱，所以我先拿着货去他们那里鉴定，他们说是真的我才付的钱。"

"微信上的朋友……那他有没有营业执照？"

"什么营业执照？"

"他卖给您东西，没有营业执照？"

"要营业执照干什么？"胡先生的话让电话这头的李飞宇一头黑线。

"没有营业执照您就敢买吗？那您的基本权益怎么保障？比如他的进货渠道……"

"什么进货渠道啊，那东西是他爷爷的爷爷，在长城边上捡到的。"

"长城边上捡到的……"胡先生这话让魏先生更加理直气壮了，"同志，你瞧瞧，这就是讲故事！"

"卖他古钱币的人已经把他微信拉黑了……"李飞宇长叹了一口气。

"那这也不能让我们赔啊！"魏先生说。

的确，调解这种事，就是公说公有理，婆说婆有理，如果真的是一方完全占理的话，那就是举报了，需要立案查处。

正当李飞宇为这僵持的局面头疼时，男友陈豪打来电话："小宇，咱们这周末去长城玩吧，我有几个朋友要组团去。你不是之前说想去长城拍婚纱照吗，正好咱俩先去踩踩点。"

作为一名古装剧迷，李飞宇对于长城自然格外有感情，因此她在选择婚纱照拍摄地时，特地选择了长城，这个北京标志性的建筑。

李飞宇来北京多年，除了上学时和同学一起去过一次长城，工作以后就再也没踏上过长城。因此这次男友陈豪提议，李飞宇立刻欣然接受。

三

长城是世界上修建时间最长、工程量最大的古代防御工程。自公元前七世纪开始，延续不断修筑了 2000 多年。今天的万里长城多指明长城，它东起鸭绿江，西至嘉峪关。1987 年，长城被列入《世界遗产名录》。北京长城是中国各地长城中保存最完好、价值最突出、工程最复杂、文化最丰富的段落。北京长城自东向西经平谷区、密云区、怀柔区、昌平区、延庆区、门头沟区 6 个区，墙体全长520.77 公里，明长城为主体。

北京在此基础上打造的长城文化带，既展现了北京作为千年古都涵养的历史底蕴，也是中华民族伟大意志的体现。"起来！不愿做奴隶的人们！把我们的血肉，筑成我们新的长城……"《义勇军进行曲》唱出了所有中华儿女的心声；而《长城谣》同样以其独特的艺术感召力，激起了亿万中国人民的爱国热忱。

"北国风光，千里冰封，万里雪飘。望长城内外，惟余莽莽；大河上下，顿失滔滔。山舞银蛇，原驰蜡象，欲与天公试比高。须晴日，看红装素裹，分外妖娆。江山如此多娇，引无数英雄竞折腰。惜秦皇汉武，略输文采；唐宗宋祖，稍逊风骚。一代天骄，成吉思汗，只识弯弓射大雕。俱往矣，数风流人物，还看今朝。"

和李飞宇、陈豪一同前往长城踏青的好友小凯忽然将手支在城墙垛口上，望着远方吟咏道。

"哎……"小凯身边的女友小梦叹了口气。

"这么壮阔的诗篇，你叹什么气啊！"

"我在想，这孟姜女虽说哭倒了长城，可她的爱人再也回不来了。还有褒姒，千载的骂名都在她身上，可错的是那昏庸的周幽王啊！"小梦幽幽地道。

"这都什么跟什么啊？咱这是北京的长城。"小凯纠正道。

"果然男人永远没办法跟女人共情。"小梦白了她男友一眼。

"哎，你又在想什么？不会又想穿越到哪个娘娘身上去吧？"陈豪看李飞宇低着头发愣，伸手戳了戳她的胳膊问道。

"你说，这长城脚下，能不能捡到古钱币？"

"啊？"陈豪被李飞宇问得一愣，"这怎么可能啊！"

"那要是爷爷的爷爷那辈呢？"

"爷爷的爷爷啊……那倒有可能，那时的事谁说得好。"

"对！"李飞宇恍然大悟地大喊一声，把陈豪吓了一跳，"也就是说，凡事都要有个前提，抛开前提去提问，就是带节奏。我问你长城脚下能不能捡到古钱币，你说不能，是默认了前提是当下。但如果把前提改为很久以前，那便不是不可能。"

"你在说什么啊？"陈豪一头雾水。

四

李飞宇回到所里，约谈了魏先生："您说得没错，不同专家的鉴定结果可能会不一样。但对于普通消费者来说，两次的结果相反，鉴定机构没责任吗？《消法》规定，消费者有知情权。鉴定结果不一样，这可以说就是你们工作的失误，而且这在一定程度上也侵犯了消费者的权利。"

李飞宇的一番话，说服了魏先生，最终魏先生同意退还胡先生曾经支付给他们的鉴定费用。

而胡先生那边，李飞宇对他说："古钱币这个东西，最好从正规渠道购买。您既然是自己收藏，只要喜欢就好。"

"哎，话可不是这么说。"胡先生不服气道，"我买这个古钱币是为了增值的，要是假的我将来还怎么往外卖啊？"

李飞宇微微一笑："胡先生，根据《消法》规定，消费者是指自然人为生活消费需要购买、使用商品或者接受服务以及农民购买、使用直接用于农业生产的生产资料。我们这里只受理消费纠纷投诉，如果您是为了投资或者买卖，那就不属于消费行为，我可就不能受理您的投诉了哦。"

胡先生赶忙道："啊……嗯……那什么，鉴定费退了就行，退了就行。"

总算是把这张工单处理完了。李飞宇在工位上伸了一个懒腰，忽然想起了什么，赶紧拨通了影楼的电话："我要预约下个月在长城拍婚纱……"

# 尾声

　　"娘娘饶命，娘娘饶命啊……娘娘千万别赏赐小人'一丈红'啊……呜呜……啊啊……"

　　"想要本宫饶了你，那你必须……规范经营、诚信守法，绝对不能做任何欺诈消费者的事！"李飞宇在梦中露出了满意的微笑。

# 『诉』描中轴线：烟火老城，规范经营

# 一

中轴线凝聚着一股精气神。这精气神是烟火、是喧嚣，也是规矩，是方圆。吴克诚是中轴线旁的市场监管所副所长，他爱这城区的烟火，也尽力守护着片区的规矩。

"吴所，这活儿真是没法干了，你说我都这么大岁数了，让人这么一通数落。要我真做错了也行，我这好言好语地劝着，她却不依不饶……"

沙云珍身材高大，嗓门洪亮，脾气火爆。面对沙云珍的抱怨，吴克诚不急不躁地劝道："沙大姐，您先喝口水，消消气。"吴克诚给沙云珍倒了杯水，劝道："接诉即办这工作不就是这样吗？您干这行又不是一天两天了，什么样的委屈没受过，您不都挺过来了？"

沙云珍的语速很快，说起话来如连珠炮一般："是，是，是，您说得对，问题是这次这消费者提的诉求实在太难达到了。我在商家那儿把嘴皮子都磨破了，可人家商家就是一句话，不给退卡！"

吴克诚沉吟了一阵，道："哎，这事是比较难办，要不这么着，您再把消费者跟商家分别请来，咱们一块儿跟他们聊聊，看看有没有解决问题的突破口。"

沙云珍也跟着叹了口气，道："哎，也只能这样了。"

吴克诚第一眼看到汪晓莲，就知道这事不好办。汪晓莲穿着朴素，可以看出来，家境并不富裕，可她居然一下花了一万元办了一张足疗卡。没想到后来去医院一查，她因为患有心脏病、高血压，足疗要很慎重。于是，她要求商家把她卡上的钱退给她。可是办卡时的合同明确写着，因为消费者个人原因不能继续享受服务的，一概不退款。于是，汪晓莲便拨打了 12345 投诉。

汪晓莲因为之前数次调解都没有结果，态度已很不耐烦："我说你们又叫我来干什么？"沙云珍介绍道："这是我们吴所长。"

汪晓莲翻了翻眼睛:"谁劝我都没用!你抬出领导来也没用。我早就说过了,我被那家足疗店给骗了,你们必须让他们给我全额退款,否则这事没完!"

吴克诚走上前去,微笑着道:"您放心,叫您来就是为了给您解决问题的。我干吗要劝您啊?您说得对,商家本就该把消费者当成上帝看待,消费者说让退款,那就得退!"

汪晓莲一愣,听出吴克诚话中有话,不由得为自己辩解道:"我可不是那意思,他们真是存在欺骗行为,我明明不能做,还让我办卡。"

沙云珍在旁边听着,不由得心中佩服,这老吴,说话就是讲究,说得太艺术了,听了自己就知道哪儿不对了!

"那可不是,"吴克诚接口道,"我听那商家说提示过您身体不适不能做足疗,可也没说具体啊。说到底,还是他们没说清楚。您说他们不给您退卡,不也损害了他们商家自己的名声吗?所以您这么做也是给他们个教训。万一以后他们给身体有问题的人做足疗,真出了什么事,那可就不是退款这么简单了。"

汪晓莲被吴克诚的一番话说得有些尴尬:"我……我也

没别的意思，我生活也不富裕。而且……"汪晓莲说着说着就带上了哭腔："我家那个，几年前跟人跑了，儿子也不管我，现在就剩我一个人了……"

吴克诚赶忙上前，拉住汪晓莲的手："您遇到问题，我们帮您解决。这次的事说破大天就是钱，要是再气坏了身子，那更不值当了。"

二

"哎哟，小马啊，你怎么还亲自来店里了？这月房租不是给你打过去了吗？"王义看到马祥推着马义斌来到店里，迎上前道。

马义斌道："王经理，你别误会，今儿我表哥说带我出来转转，正巧路过店里，我就进来看看。王经理，最近生意怎么样呀？"

王义刚要开口说什么，兜里的手机突然响了，王义接起电话来："喂……哎，您好您好，啊……行，好吧，我准时到。"

王义挂了电话，不由得冲马义斌抱怨道："哎，你说说，我们容易么？我们明明提示过，有些情况不适合做足疗，这客户还非要退卡。市场监管所又给我打电话了，待会儿还得过去一趟。您说说，我们这挣点钱可真不容易，要是在家坐着就能收钱就好了！"

王义絮絮叨叨地抱怨着，却没注意到，轮椅上的马义斌的脸色已经变得不太好看。

"来，先喝口水。"沙云珍给王义倒了杯水，之后就开始了苦口婆心地劝说，"其实那个汪晓莲也不容易，你想想看，她丈夫和儿子都不在身边，家庭又不富裕……"

"哎，大姐，我真不是不体谅她。我们真进行告知了，而且我们为了体谅她，都答应给她退一半的钱了。可她非要全部退，这真不符合我们的规定。"王义辩解道。

一旁的吴克诚笑了笑，说道："王经理，你想想看啊，照顾顾客的消费感受，满足顾客的消费诉求，这也是为消费者服务的一部分呐。"

王义张了张嘴，想要说什么。吴克诚却没有给他机会，继续说道："我知道，我知道；给她全额退款不符合你们公司的规定，让你也很为难。但是你想想看，如果这次你给她全额退款，表面上看起来，你们公司似乎损失了些经济利益，却能大大提升你们的声誉，在街坊四邻中树立口碑。你们明明尽了告知义务，现在却为消费者的健康负责，答应给她全额退款，这不就等于给你们公司在咱们片区做了一次活广告吗？"

王义低头沉吟了一阵，而后抬头对吴克诚道："行，吴所，就冲您，这次我全额给她退！"吴克诚笑道："不是冲我，是冲信任你们的消费者。"

"她怎么又来了？"负责前台接待的韩林悄悄跟同事齐华敏议论道，"问题不是给她解决了吗？"

汪晓莲显然听到了韩林的议论，接口道："我这次可不是来投诉的，我是来送锦旗的。"

汪晓莲话音刚落，一转头，就看到了王义："王经理，你怎么也来了？"王义笑道："许您送锦旗，就不许我送？"

韩林笑道："嗬，今儿个我们所可真是双喜临门了。"齐华敏也道："是啊，都说消保工作不好做，调解一桩投诉那是两头受气。我们吴所一出马，是一手托两家，人人得实惠，家家都满意。"

韩林说道:"你们瞧瞧,我们小齐平时不爱说话,今天都说上俏皮话了,可见今天可真是个好日子。"

吴克诚见汪晓莲跟王义拿着锦旗进来,赶忙道:"你们这是干什么?"

汪晓莲说道:"您帮我解决了大问题,我得谢谢您。"

吴克诚道:"我跟您说,您这件事是我的分内工作,您真的没必要这样。我知道您并不富裕,这面锦旗也不少钱呢,要是因为我帮您调解了一桩消费纠纷,反倒给您添了负担,这可就太让我过意不去了。"

王义在旁边说道:"她这旗子都做好了,也退不回去了,您就收下吧。"

吴克诚无奈地道:"哎,好吧,就这一次。"

三

"呦,于姐来啦!"沙云珍一看到于淑芬,赶忙上前热情地招呼道。

于淑芬十几岁就跟着父辈经营家传的老字号"祥昇

裁缝店"。二十多年来，于淑芬的精明能干远近闻名，因此熟悉的人无论年龄大小，见了她，都亲切地称她为"于姐"。

"于姐，今儿怎么有空过来串门啊？"

"嗨，我倒想经常过来串串门子呢，可店里的事实在太多，走不开呀。今天是你们吴所约我来。我寻思着我们也没'犯什么事'啊，怎么突然约我？"

正说话间，吴克诚从办公室出来了："于姐，我都听见了，您言重了。"

于淑芬随着吴克诚进了办公室，吴克诚替她沏了一杯茶："于姐，咱们'祥昇'，现在还是个体吧？"

于淑芬笑了笑，说道："是。"

吴克诚道："咱们'祥昇'的经营规模，早就够得上企业法人了，没想过转成企业吗？"

于淑芬不好意思地笑了笑，说道："这个……吴所，您也知道，我们家这么多年来都是个体，真没想过这个。再说……咱们政府对个体在纳税上有不少优待政策，所以，我们就……"

吴克诚笑了笑，说道："那您怎么知道政府对企业就没有优惠政策呢？俗话说得好，到哪河脱哪鞋——走哪儿说哪儿。咱们'祥昇'既然做到了企业的规模，如果不转成企业，自然就会遇到很多相应的问题。您想想看，要是转成了企业，您作为经营者的责任义务都很明晰，能给您省去了不少麻烦。"

于淑芬为难道："这……这我们家人恐怕不会同意的。您也知道，我虽说经营了'祥昇'这么多年，可我其实就是个打工的，替我们家所有人打工。店里有了大事，还是我们家人一块儿决定。我呀，真的很难做主。"

吴克诚清楚，于家人口众多，不少老人观念保守，叫他们接受这个建议，的确不是一件容易的事。吴克诚今日约于淑芬来，是想说动老字号"祥昇裁缝店"个转企。所谓"个转企"是市场监管部门帮助达到一定规模符合条件的个体工商户转型升级为企业，以拓展市场和自身发展空间，同时也能享受企业的各项优惠政策。

吴克诚道："现在个体户转企业法人是大趋势，也出台了不少相关的优惠政策。您看这样行不行，于姐，这周末，您把您家里的人都叫过来，咱们组织一次家庭会议。您也允许我这个外人参加一次，我呢，把个转企好处和相关政策给大家伙儿讲一下。如果最终大家都同意转成企业，那今后咱们的裁缝店会发展得越来越好。"

于淑芬道："这……那要是您亲自出马，帮我说服我们家里人，可真就太好了。不过大周末的还让您上我们那儿去加班，可真是太辛苦您了。"

开家庭会议那天，面对十几双充满质疑的眼睛，吴克诚心中不免有些紧张。好在他之前已经做好了应对一切质疑问询的准备。

于淑芬的二叔于德仁问道："我们现在是个体，不是一般纳税人，也不需要缴纳企业所得税。如果转成了企业，缴纳的税额是不是就会提高？会计的要求也高，我们的成本一下子就增加了不少。吴所长，您说我们干吗要转成企业呢？"

吴克诚不疾不徐地道："咱们'祥昇'经营了几十年，也算是远近闻名的老字号。名声大了，这规模也会随之扩大，要想实现咱们'祥昇'的可持续发展，转企业是必经之路。"

"转型升级后，公司有完善的公司章程，运营正规化，效率得到极大提高，事实上，从长远来看是能够节约成本的。公司会明确各位作为股东、董事和于姐作为经理人的责任和义务，同时，也可以定期给各位分红。"

于德仁说道："其实我们过去也不是没想过转成企业，

但说句实在话，工商注册这块儿，确实太麻烦了。"

吴克诚笑了笑道："我们的一切工作都需要按照规定来。不过您提的这个意见呀，我们虚心接受。您放心，我们市场监管部门，就是为咱们商户服务的。咱们'祥昇'是老字号，要进行个转企，我们会全程协助，保证你们尽快完成个转企的各项手续。"

吴克诚说完后，于淑芬见众人皆沉默，不再说话了，便道："吴所，要不这样吧，我们再商量商量、考虑考虑，过几天再给您回话。"

吴克诚笑道："好的，你们自己商量吧，要是有什么问题，随时来问我。"

## 四

"呦，王经理，今儿又来给我们送锦旗呀？"沙云珍一见王义，立刻热情地招呼道。

王义嘿嘿笑道："嘿，沙大姐，我倒是想再给您送锦旗呢，不过可惜了，以后是没这个机会了。"

沙云珍奇道："怎么了，为什么？"

王义道："哎，别提了，以后呀，我再见各位大姐可就难了。"

韩林问道："怎么回事？你们店里的生意不是挺好的吗？"

王义道："那可不是，自从上回吴所跟沙大姐给我们调解了那桩消费纠纷，真就像吴所说的，给我们做了个活广告，我们店的口碑树立起来了，这生意也越发多了起来。可是，嗨，谁知道我那个小房东，他见我们店生意这么好，以为是他那个店铺的位置好，招揽生意，非要自己干买卖，不租给我们了。这不，我们就只能搬家了。您说我这背不背？好不容易积累了好口碑，打开了市场，又得搬走。换了地儿，又得重新开始了，唉……"

韩林附和道："是呀，你们做点生意也真不容易。"


"吴所，上回真是辛苦您了，大周末的还去给我家开会。"

"嗨，这是应该的！怎么了于姐，你们决定了吗？"

"哎，别提了，吴所，上回您来我家，我们家里人还是不理解。您说说，这不是好人难当吗？"

吴克诚笑了笑道："哎，于姐，来来来，先喝口水，别着急。"吴克诚把水递给于淑芬，又道："我们干工作，被误解的时候很多，这没什么。至于你呢，也别放在心上。家里人都是长辈，咱们做小辈的，没必要跟他们计较不是。"

于淑芬点点头道："哎，还是吴所大气。不过他们那种想法，可真不知道怎么才能让他们转变过来。"

吴克诚道："这不能着急，得慢慢来。咱们这片是老城区，承载了传统文化，除了你们'祥昇'外，还有不少老字号，都面临着'个转企'的问题。我们会在片区内的商户中进行广泛的宣传。很多事情光靠我们不行，商户相互之间的影响也很大。于姐你呢，也可以多关注关注媒体的相关报道，多方面收集信息，让家里人知道，'个转企'的好处是实实在在的。"

于淑芬道："好吧。"

吴克诚道："还是那句话，需要我们这边什么样的帮助和支持，都可以随时来找我。'祥昇'是咱们的招牌老字号，也是商户中的龙头，我希望这次个转企，咱们'祥昇'能在商户中起到带头示范作用。"

# 五

"大姐您好，我……我想打听下注册个体户都需要什么手续。"

见到坐着轮椅来咨询的马义斌，齐华敏格外地耐心："你是自有经营场所？那你需要拿着房产证和复印件来我们这里，然后就是核名……对了，你想要做什么行业呢？"

"我……我想做那个……培训咨询……就是互联网上的那种……"由于身体原因，马义斌很少出门，父母去世后，只有表哥马祥在家照顾他的起居。可以说，马义斌几乎没怎么跟外人打过交道，所以跟齐华敏说话时，显得格外紧张。

"培训咨询，还互联网？"听到马义斌的话，齐华敏不由得皱了皱眉头，但她依旧耐着性子问道："你具体想做些什么呢？能跟我说说吗？"

马义斌小声道："就是别人想创业，我可以给他们提供咨询培训服务……"齐华敏问道："你给人家培训？你用什么给人家培训？"马义斌说道："我……我之前参加过一个培训，我可以推荐他们去参加这个培训。"

马义斌说得前言不搭后语，齐华敏本能地感觉到，马义斌想要注册的这个商户有些不对劲。她问明了马义斌的地址后，找来了对应的专管员刘鹤。

刘鹤一见到马义斌，就道："哦，小伙子，我知道你，你原先不是把房子出租了吗？怎么不租了？"

马义斌见到刘鹤，更加紧张了："不……不租了，我想要自己干。"

刘鹤说道："你想要自己创业，我们支持，可是你干的事情得靠谱才行啊。你看看你这个项目，培训咨询，你干过培训吗？了解培训是怎么回事吗？你既没有相关知识，也没有社会工作经验，凭什么给人家做咨询？换句话说，人家凭什么让你培训？"

刘鹤又道："小伙子，我这话说得可能比较直，你别介意啊。你为什么突然想自己做这个？是不是有什么人跟你说了什么？小伙子，你年轻，又没什么社会经验，可千万别被人骗了啊。你家的情况我了解，你父母走得早，你的身体又不好，爹妈就给你留下了这套房子，你要是用它干点正经买卖，挣钱养活自己，那当然好。可你就这么点家底，要是万一被人骗了，你今后的生活就真成问题了。"

马义斌听完刘鹤的话，用求助的眼神看向齐华敏。然而齐华敏在刘鹤说完后也更加坚定了自己之前的判断，说道："刘大哥说得没错，这个项目肯定有问题，我现在不能给你办注册。你回去再好好想想吧。"

时隔不到一周，马义斌又让表哥推着自己来到了市场监管所。

"哎，小马，你怎么又来了？"

"我……我找你们所长。"马义斌说话时眉头紧皱，五官聚在一起，似乎在奋力压制什么。

齐华敏说道："小马，上次不给你办是有原因的，你找所长他也不能给你注册。"

别看马义斌平时不爱说话，真遇到事，还真有点倔劲。他气呼呼地说道："你凭什么拦着我不让我见你们所长？"

马义斌这么一吵，惊动了沙云珍，沙云珍和马祥的父母、马义斌的大伯马洪亮夫妇甚是熟络，因此也认得马义斌。一见他来，便热情地上前道："呦，小马你来啦？有什么急事呀，这么着急。"又对马义斌身边的马祥说道："他身体不好，你可别让他着急，多劝劝他。"

马祥向来不爱说话，是个闷葫芦，平时别人问他三句，他也未必能答上一句，今天不知是因为和沙云珍太过熟络，还是为马义斌太过气愤，居然说了一句："我也不想他着急，可你们实在太过分。"

齐华敏一听这话，也有些按捺不住了，说道："小马，你这话什么意思？我什么时候拦着你们了？我是说你们找他也没用。"

马义斌接口道："你别管我有用没用，我就要去找他。"

"不用找，我来了。"正说着呢，吴克诚走了过来，冲齐华敏摆摆手，示意她冷静。又问马义斌："你先别急，慢慢把事情说清楚，到底怎么回事？"马义斌指着齐华敏道："就是你们前台那个姓齐的，对了，还有个专管员姓刘，就是他俩，故意刁难我，不给我办照。"

齐华敏在一旁无奈地摇了摇头。

吴克诚听完马义斌的叙述，说道："这样，你先回去，我去找相关的同志了解下情况。如果你反映的情况属实，我们一定会按规定给你办照。如果有什么问题，我们也会及时给你反馈。你放心好了。"

马义斌说道："及时是多久？我这个事很着急，公司催得急。"

吴克诚问道："公司？你还有公司？"

马义斌顿时紧张起来："是……有一家公司，我做他们的代理。"

"哦，委托书有吗？拿来给我看看。"

"其实就是他们公司，想在我店里做经营。"

马义斌前后不一致、漏洞百出的表述让吴克诚更加疑心重重："这到底是家什么公司呀？他们在你们店里经营，那直接租你的房子不就完了？"

"就……就是我们合伙经营。"

一分钟之内换了三种说法，给马义斌办照都不可能了。他故意笑笑："放心吧小马，办照呢，我们需要核查，你先回去，等有消息了我通知你。"

吴克诚将马义斌送出了门外，马义斌临走时还一直说："吴所长，你可一定要给我办照啊。"

吴克诚将齐华敏和刘鹤叫来了解情况，两人跟吴克诚解释了不给马义斌办照的原因。吴克诚更加确信自己的推断。


# 六


"吴所，您找我？嗨，上回从您这儿回去之后，我一直劝说我们家人呢，他们年纪大了，还需要点时间。"

吴克诚笑吟吟地对于淑芬道："于姐，您先坐。您上回走之后，我也想了想，咱们这儿光空口说，确实没法说服你们家的人。不管怎样，你们家人的共同目标，不都是为了家里的生意更兴旺吗？"

于淑芬一拍手道："这话您说到点上了，是这么回事。"

吴克诚点点头道："所以说，我们所里，想帮助咱们的老字号，申请属于咱们自己的商标，于姐，咱们'祥昇'裁缝铺，有这个打算吗？"

"申请商标？"

"对，有了这个商标，咱们'祥昇'就有了招牌，以后咱们'祥昇'出品的衣服，就有了属于自己的标志。不管走到哪儿，只要一看这衣服上的标志，大家就都知道这件衣裳是咱们这儿裁制的。以后全国各地的游客来到北京，都会想来咱们这儿做身衣裳。"

于淑芬说道："商标……这是个好事，办起来挺麻烦吧？"

吴克诚道："您看国内外的知名企业，哪个没有自己的商标？消费者一看到商标，便会立刻联想到他们的产品和企业。咱们'祥昇'要想进一步发展，这是必不可少的一步。"

于淑芬道："我明白了吴所，这个事对我们来说，还真是一件好事。我这就回去跟我们家里的人说说。"

吴克诚道："哎，您等等，其实我这回找您来，还有一个别的事。"

"什么事？"

"住在临街的那个小伙子马义斌，您认识他吧？"

于淑芬道："他呀，我怎么不认识，打他穿开裆裤时我就认识，说起来我俩还沾点亲呢。怎么了？"

吴克诚道："他最近家里是不是遇到了什么困难？我听说他的房子不租了，要自己办照营业。"

于淑芬道："困难？没听说。我倒是看他最近一直神神道道。前几天他表哥推他来我店里买东西，我看见他，就跟他聊了几句，嘿，您猜怎么着？"

"怎么了？"

"还没说两句，他就开始教育起我来了，说什么开裁缝铺又辛苦赚钱又少，让我跟他一起做什么项目，在家动动手指就能赚钱，而且融资动辄就是好几十万。我一听就不靠谱，这孩子不知道吃了什么迷魂药了。可他这么大人了，我也不好直说什么，正好当时店里挺忙的，我就去忙别的了。"

吴克诚道："他可能遭遇了诈骗，前几天非要在我们这儿办注册。但是他家的情况我们都了解，本身就不富裕，咱不能眼睁睁地看着孩子被骗不是！所以这事还得拜托于姐您，有空的时候帮我劝劝这孩子。您是他的长辈，从小就认识他，有时候我们说的话，他不一定听，可关着您这人情，您说的话，没准对他管用。"

于淑芬道："行，那我找机会劝劝他。"

# 七

"呦，吴所，来我们市场巡查啦？"金晓玉一见吴克诚，立刻热情地上前打招呼。金晓玉跟丈夫马洪亮在百货市场中经营一个卖货的摊位，主要售卖袜子、手套等小商品。金晓玉个性泼辣，马洪亮性格内向，夫妻俩在一起倒很是互补。

金晓玉大着嗓门跟吴克诚打过招呼之后，又压低了嗓门，走近对吴克诚说道："吴所，今儿个下班之后来我们这儿一趟吧，我俩专门给您留了点儿货，您来挑挑，都是好东西。"

吴克诚很干脆地说道："呦，前一阵子我爱人刚给我置办了好多，暂时用不着，以后再说吧。"

金晓玉还待说什么，吴克诚却反问她道："金姐，咱们在这市场经营了得有五六年了吧？"金晓玉道："什么呀，七年，整整七年啦。您都忘啦，我们这照，当初还是您帮我们办的呢。"

吴克诚笑道："是、是，我没忘。"金晓玉道："当时快开奥运会了，您跟您那些同事们，给我们统一办的照，把咱们这市场弄得又整齐又漂亮。"

吴克诚笑道："是，那金大姐，您最近生意怎么样？"

"好着呢。别说我们两口子现在吃穿不愁了，就连给马祥娶媳妇的钱，我都攒出来啦。您说说，马祥这小子，也不着急赶紧找个媳妇。我就跟他说啊，照顾你表弟虽说重要，但你自己终身大事也不能耽误啊，吴所您说是不是？"

金晓玉的儿子马祥是马义斌的表哥，一直在马义斌身边照顾他的起居。吴克诚知道这一情况，但他工作在身，不想耽误时间跟她闲聊，就只微笑着冲金晓玉点了点头，又去别的摊位巡视了。


说起来沙云珍跟金晓玉还算是老相识，当初金晓玉时不时到所里办事，有时碰上了沙云珍，便会闲聊几句，混了个脸熟。后来有一次，金晓玉被消费者投诉说她家卖的丝袜质量差，刚一拆封就破了。沙云珍接到投诉，便格外用了些心。可金晓玉提出对方没法证明袜子是本身就破了还是被撕破了，不打算赔偿。

沙云珍便劝金晓玉道："做生意都要个口碑，都是街里街坊的，她也住在咱们这片儿，讲不好对您的生意可是个影响。"见金晓玉没说话，沙云珍又道："这袜子本身也没多少钱，您要不就赔给她吧，也算给自己赚个好口碑。"

金晓玉这便抱怨起来："过去从来没出过这事，哎，谁想我新换了一个地方拿货，就出现这样的问题，幸好还没卖两双，必须把剩下的货退了。"

沙云珍道："这不是挺好吗，这一下让您知道谁的货好了，您再换一家不就得了。"

金晓玉叹了口气，说道："哎，也只能这样了。"

一听金晓玉同意赔偿，沙云珍又开始忙着另一头说服，沙云珍说服消费者接受这样的赔偿。金晓玉爽快地给消费者退了款。这次消费纠纷完美解决，让金晓玉对沙云珍心存感激，专门给沙云珍拿了一打大品牌的丝袜。沙云珍见状，赶忙道："您这是干什么？我们干工作可不是为了要您的东西。"再三推辞后，最后实在没办法，沙云珍掏钱买了一双。

这天沙云珍下班路上刚巧碰到了金晓玉，金晓玉自然拉住沙云珍嘘寒问暖。闲聊了几句，金晓玉忽然又想起了什么，说道："哎，对了，沙大姐，我听说我们那侄子，最近跟咱们所里有点事？"

"您说小马，马义斌啊，嗨，没什么大事，就是他想办照，可是实在不符合规定，我们不能给他办。您回去也劝劝他，叫他别钻牛角尖。"

金晓玉道："嗨，我也劝过他。您说他这情况，在家吃瓦片就挺好，何必非出来瞎折腾。您是不知道，小叔子当年，那叫一个有远见，老早就自己买了楼房。我公公婆婆疼这个小儿子，又把家里头唯一的门脸房给了他。我们一家子可就惨了，一家三口挤在那么个小破平房里头，祥子的婚房还没有着落呢……"

金晓玉的话匣子一打开就收不住了，其实金晓玉家的情况沙云珍都不知道听她说过多少遍，马义斌有一套单元房，是他父母早年间买的，另外临街有一套门脸房，是祖父那辈留给他爹的。马祥成年后由于性格太过内向，一直没找到合适的工作，为了补偿马洪亮一家，也是为了马义斌的个人生活考虑，经过协商由马祥来照顾马义斌的起居，并且拿出马义斌房租收入的一半作为马祥的报酬。

沙云珍赶忙道："年轻人嘛，都有点冲动。咱们当长辈的，能多劝劝就多劝劝。"

# 八

家中长辈终究没能劝住马义斌。

自从办照被拒绝后，马义斌几乎天天给市场监管所打电话。从最初的要求、催促，到后来的发泄愤怒，齐华敏干了几十年前台接待工作，自己觉得心理承受能力极强，如今却也被马义斌逼到崩溃的边缘。

好在马义斌的电话没能持续几日，公安干警便找上了门。吴克诚本以为，可能有不法分子想利用马义斌的身份和房子，及时将案件线索提交给警方，便能避免马义斌的利益受到损害。可他万万没想到，马义斌还给他们投了钱，而且几乎是他全部的积蓄。这让吴克诚感到有些绝望。

当然，真正绝望的是马义斌。马义斌发财的希望破灭了，还赔进了自己全部的积蓄。马义斌自幼性格内向，凡事爱钻牛角尖，出事以后，他把自己关在家里，很多天都不出门。

马祥知道马义斌心情不好，一直放心不下，虽说马义斌明确说不让任何人来看他，可马祥还是每隔一天便来看他一次，替他买菜做饭。这天，马祥开门后，看见马义斌正躺在地上。原来马义斌本来身体就不好，这么一折腾就扛不住了。

马祥迅速把马义斌送到医院，金晓玉和马洪亮也立刻赶到了医院。金晓玉一见到马义斌，立刻号啕道："你这是干吗呀！你爹妈都不在了，就剩你这么一棵独苗，你要是有个三长两短，可叫我们怎么跟你地下的爹妈交代啊！"

马洪亮看着马义斌，憋了半天，方才说了句："你别难受了，就在前几天，市场所那个姓吴的……姓吴的所长来找我，说考虑到咱们的确有困难，给你在附近新开的便民服务站找了个摊位。那个吴所长说，你如果愿意，可以去那儿卖花。"

马义斌盯着马洪亮，疑惑地说道："真的？"

"对，"金晓玉擦了擦眼泪，接话道，"老天爷饿不死瞎家雀儿，小斌，总有办法的，咱得谢谢人家吴所长。"

马洪亮温言劝道："你大娘说得没错，小斌你好好养身体，等你好了，让马祥帮着你，一块去卖花。咱们一家人，好好把日子过起来，过去的事就别再想了。"马义斌含泪点了点头。

没过多久，公安机关查处了诈骗集团，逮捕了主要嫌疑人。马义斌的存款，得以追回了大部分。

于淑芬的"祥昇"裁缝铺成功由个体工商户转成了企业。流行正当时，拥有多年旗袍制作经验的"祥昇"裁缝铺一跃成了网红店，引得爱美的年轻人纷纷前来"打卡"。

吴克诚深深爱着的这充满烟火气的老城在持续发展轨道上闪亮前行。

可就是金晓玉的袜子摊，仍时不时有投诉。这让沙云珍又气恼又无奈，她扬着手中一沓"12345"工单冲吴克诚抱怨说："吴所，这可怎么办啊，这接诉即办的活天天干、天天有啊！"

"是啊，这接诉即办，可不就是这样为民服务的吗？"吴克诚笑了。

# 返程列车

陈一杰踏上前往清门的返程列车，看着窗外的景色飞速变幻，陈一杰想到自己即将迎接的新生活，心中陡然升起一丝对未知的恐惧。他努力地看向窗外，故乡的一切已经越来越远。陈一杰的家乡与清门距离极近，坐高铁只需几十分钟，普通列车也不过一个多小时的时间。他坐在返程的火车上，回想起自己刚被大学录取时也是这样坐着火车来到清门。

　　母亲荆白草给他取名"一杰"，原本是希望他能做出一番杰出的事业，但这个名字似乎成了他的魔咒——他的学生生涯不如意十之八九。希望越大，失望越大。荆白草时常会抱怨自己当初不该生下陈一杰。有时候，甚至陈一杰也这么想。

荆白草事事好强，中考时，陈一杰因为成绩不佳，没能考上本校。荆白草不愿儿子去差一点的学校读高中，四处央告，给陈一杰在一中办理了借读。高二那年，老师把荆白草叫到学校，说道："你家孩子考本科估计费劲，给他找个好点的专科上吧。"荆白草听完后，怒不可遏："我家孩子一定会考上本科！我家孩子非本科不上！"

母亲的豪言壮语并没改变陈一杰的命运，陈一杰第一次高考果然如老师所说，没有考过本科线。心高气傲如荆白草自然不会认命，在她的要求下，陈一杰报了复读班，准备来年再战。

陈一杰知道，考大学是自己的宿命，所以在复读的那一年里，他每天过的几乎都是炼狱一般的生活，除了复习，没有其他，食不知味，寝不安眠，只有一个必须要考上大学的信念坚持着。终于，功夫不负苦心人，在第二年高考的补录阶段，他被清门大学录取分数线最低的心理学系降分录取。

毕业时，在荆白草的要求下，陈一杰报考了清门的公务员，然而许久接不到录取通知的陈一杰母子，终于心灰意冷，踏上了返乡的列车。然而天无绝人之路，陈一杰返乡后没几天，就接到了市场监管局的录取通知。

陈一杰至今还记得接到录取通知的那天，荆白草的笑里居然带着泪，她用一种陈一杰从未听过的语气说："行啊，我儿子真是有出息，没给妈丢人。"

"丢人"这两个字，陈一杰从小到大不知道听过多少次，只不过每次都是伴随着叱骂，"没给妈丢人"这话陈一杰是第一次听到。

陈一杰很少见到母亲这样的语气和表情，印象中他考上大学那次，母亲都没这么得意过。陈一杰第一次感到了生活的快乐。

他心想："这样真好。"他忽然抬眼对母亲说："妈，谢谢。"

"谢我什么？"

"生了我。"

荆白草一愣，随即明白过来，笑着说道："是啊，我也觉得我当初真是英明，选择把你生下来，不然的话，我得多后悔呀。"

曾几何时，荆白草一直认为陈一杰的出生是个错误，在父亲的撮合下，荆白草和陈一杰的父亲陈百胜认识不久便登记结了婚。陈百胜寡言少语，结婚后心里有事很少跟妻子说。荆白草再能说，却没法从丈夫口中套出一句话来。

两人婚后的日子平平淡淡、波澜不惊。后来，荆白草有了身孕。在荆白草看来，这算是一个转机。但除了刚得知荆白草有孕时，陈百胜和妻子的话多了些外，时日久了，陈百胜又恢复了过去那般不言不语的模样。

荆白草永远不会忘记那一天的情形。那是她怀孕七个月的一天，她忽然接到了公安局的电话，让她去认人。她到了现场之后，当场就晕了过去。

后来，陈一杰长大后，荆白草骂他时经常说："你就是个磨磨蹭蹭的性子，什么事都不着急。这要是别的孩子，一看爹都没了，肯定吓得早早从娘肚子里出来了。你倒好，不仅没让我早产，到了足月，还要在我肚子里多待几天才出来。"

他不知道父亲当年为何会选择卧轨，那两条冰冷的钢铁在他心中组成了一种悲剧般的符号。直到成人以后，因为在清门上大学，每年开学放假都需要坐火车，他才发觉不断轰鸣的巨型列车不仅可以承载无数的人与货物，还可以承载人们的回忆与喜怒哀乐。

经过两个月各科室的轮训后，陈一杰和其他五人被分到了中心区市场监管所进行实习。中心区是整个开发区最核心的地区，包括开发区市场监管局在内的几乎所有开发区的行政部门都设在中心区内，另有各大金融、高新技术企业入驻。可以说，这里是开发区的心脏。

中心区市场监管所辖区内有七千余家企业、两千余家个体工商户以及五十余家外资企业。市场监管所辖区开业企业占到整个开发区总数的百分之三十以上。市场监管所前台每日接待人次远超分局登记大厅。

这些数字不是陈一杰在资料上看的，而是中心区市场监管所所长梁峰在陈一杰他们第一天来到所里实习时，带着炫耀的口吻跟他们说的。梁峰和陈一杰之前见过的市场监管干部都不太一样，他似乎带着与生俱来的自信。梁峰三十五岁左右，人如其名，身材笔直如梁，站立如峰，走路带风，是一个走到哪里都自带强大气场的人。从企业数量上不难看出，中心区市场监管所承载着整个分局近三分之一的工作量，但梁峰接任所长时却没有丝毫畏难，而是带着一种兴奋的情绪。对于他来说，工作上的挑战最能刺激他多巴胺的分泌。

梁峰给陈一杰和另外一位新人路世恒分配了办公桌。说来也巧，路世恒和陈一杰是发小，只是和陈一杰不同，路世恒从小就成长在学习光环中。路世恒一上中学，就去市一中借读，与陈一杰成了同班同学。路世恒的到来对于陈一杰来说却是个灾难。"你看人家一个借读生都那么优秀，再看你！"这句话陈一杰从初一听到初三。中考时，路世恒因为成绩优秀，正式考入了市一中，甩掉了借读生的帽子。就这样，两人互换了身份，路世恒扬眉吐气，陈一杰则更加抬不起头来。陈一杰复读时，路世恒已被清门大学录取分数线最高的法学系录取。

路世恒比陈一杰早一年毕业，毕业后，他去了一家外企做法务。可干了一年后，路世恒忽然羡慕起身边做公务员的同学来，于是他辞去了外企高薪的工作，走上了公考之路。

当天下午一上班，梁峰手里拿着帽子，站在门口对陈一杰同屋的秦慕松招呼道："慕松，跟我出去一趟。"他又看了一眼路世恒和陈一杰，道："你俩也一块去。"路世恒快速从柜子里找出帽子戴好，大步流星地跟在梁峰身后。

陈一杰也匆忙将帽子扣在自己头上，不过谁都看得出，他的帽子不太合适，或者说，他的头型就不适合戴帽子。走路时，他的帽子不时就会向下滑，陈一杰不得不注意时常用手扶正。

梁峰用余光扫见了，不耐烦地皱皱眉，却不想对此发表评论。梁峰边走边对两位新人，实则是对路世恒一人，说道："咱们这次是参加街道组织的综合整治。"路世恒认真地点点头。陈一杰也想点头，发觉没人注意他，只得作罢。

四人到达整治地永安路，梁峰和街道办负责人简单寒暄了几句，众人就开始整治工作。中心区的主要建筑基本都是高层写字楼，违章建筑较少，因此此次综合整治主要是拆除户外违法广告牌。

工作最初进行得很顺利，但拆到永安路 19 号的时候，离得老远，梁峰就发现 19 号的早餐店在门外街边支了几把大遮阳伞，伞下还摆放着桌椅。

梁峰走过去冲门里的人说："您好，我们是市场监管局的。你们这样是违规占道经营。请把桌椅等都搬回去。"男店主闻声走了出来："嗨，这不就上午在外头支一小会儿，中午就收了。"

"这里本来就很窄，他们这样把周围的路都堵上了，老人孩子都过不去。"旁边的人说，"太碍事了。"

梁峰道："占道经营需要办理临时执照，何况你们的行为严重阻碍正常的道路通行。"

正在此时，一名身材健壮的中年女子从店中飞奔出来，一把抓住遮阳伞，激动地说道："这是我们昨天刚租来的！"

这种事情，在他们的工作中经常发生，老百姓通常也很关注此类矛盾。作为市场监管工作人员，这是必须要面对的，也是难处所在。事情最后得到比较圆满的解决，商家虽有不情愿，但在说服下最终还是配合了他们的工作。梁峰也对商家的态度表示了赞扬。

这件事中，秦慕松和路世恒都表现良好，被梁峰记在心里。不过，对于陈一杰来说，就有些尴尬了。他在这个过程中的表现，又被路世恒压了一头。特别是在老板娘较为激动的时候，路世恒将他和梁峰挡在身后，自己来直接面对商户的各种不理解。

下班时，陈一杰对路世恒道："我……我今晚请你吃饭吧，谢谢你今天帮我。"路世恒微笑着点点头。

吃饭时，陈一杰问路世恒："你说，今天下午这件事……"

"今天下午这件事啊……"路世恒吃了一口菜，继续道，"你知道你错在哪儿了吗？"

"我……我知道，老板娘出来的时候，我不应该往后躲。"

"你不知道！"路世恒说道。

顿了一顿，路世恒道："要是你自己一个人，在对面很

激动的情况下，当然要让一让。可是今天梁所也在，咱们
又是新人，而且还是实习，你说他会怎样看你呀？"

路世恒环顾了一下，接着说道："你没听过梁所的
事吧？"

路世恒低声道："局里都在传，梁所年轻并且能力
突出、业务水平高，被大家看好，很有希望再升一级。
所以……"

陈一杰本就胆小，此刻被路世恒这么一说，当场就担
忧害怕起来。他担忧自己的工作。

路世恒见状，赶忙安慰他道："你也别太担心。你今天
这事吧，给他留下了不太好的印象，但问题也不是特别大。
只是有一点比较麻烦……"

"怎么？"

路世恒故作深沉地道："我刚才已经跟你说过了，他将
来保准能升级。所以能跟着他，保前途好。咱们最后的分
配结果没下来，虽说分配这事是人教科安排的，但是如果
某个所说特别想要谁或者特别不想要谁，人教科也一定会
考虑的。更何况是梁峰这种强势人物！"

路世恒见陈一杰依旧木呆呆地看着自己，不由得急
道："你咋还不明白，你今天这样的表现，梁峰是肯定不会

要你了。你就没机会跟着他了，指不定给你分到哪儿去。"

陈一杰下意识地问："那他会要你吗？"

"我？"路世恒微微一笑，一副自信的模样，"你就别替我操心了。"

陈一杰就算再愚钝也明白，路世恒至少有八成的把握能留在梁峰身边。

其实，关于分配的事，杨家诚和梁峰曾有过一番争论。

杨家诚对梁峰道："小陈虽说看起来脑子没那么灵，但其实是个可造之才。他做事踏实、认真，能吃苦。干咱们这份工作，其实很枯燥，几十年如一日，干的都是类似的工作，大概率不会有什么惊心动魄、跌宕起伏的事发生。举个例子来说，同样都是办案子，公安办的案子改成电视剧，全国人民追看。咱们呢？都没人愿意写咱们，更别提拍成电视剧了。干咱们这份工作，其实就是俩字：坚守。能沉下心来坚持，这是最重要的品质。小陈这孩子就有这品质，我在他身上看不到浮躁，假以时日，他一定能成为最优秀的市场监管工作人员。"

梁峰摆摆手道："坚守固然重要，但要干咱们这工作可不光是能熬，你也得干好、干出成绩来才行。"梁峰忽然想起了什么，又道："当然了，有些位置的工作的确更能体现你所说的那种坚守、踏实、不浮躁的品质。所以呀，我觉得小陈应该去最适合他的地方……"

杨家诚当时并不明白梁峰话中的意思，直到分配名单公布。

路世恒毫无悬念地留在了中心区市场监管所，而陈一杰则被分到了李沟镇市场监管所。所有新入职的人员都坐在会议室等待各位所长来领人，梁峰由于离得近，最先前来。路世恒跟着梁峰离开时，难掩面上的得意之色。他偷偷冲陈一杰挤了挤眼，说道："有空找我来玩啊。"

陆续又有所长来领人，到最后，会议室里只剩下陈一杰和人教科科长江涛。终于，陈一杰看到一个满头白发的人出现在会议室门口，江涛随即迎了过去。江涛给两人做着介绍："这是小陈，陈一杰。小陈，这是你们所长，林所长林建国。"

林建国还没退休，据此推理应该不到六十，却已白发苍苍，看起来像早已过了花甲之年。林建国笑起来十分和蔼，他上前握住陈一杰的手，说道："欢迎、欢迎，欢迎新同志。我们李沟镇就需要年轻人。"

林建国和江涛简单寒暄了几句便道了别，陈一杰随着林建国上了车，汽车沿着高速公路一路疾驰。车上，林建国依旧和蔼地询问着陈一杰的基本情况，陈一杰也依旧公事公办地回答着。

最终，林建国问道："之前来过我们李沟吗？""没有。"陈一杰摇摇头。林建国叹了口气道："我们李沟是个好地方啊，山美水美，空气也好。"

汽车下了高速之后，一马平川便变为了颠簸坎坷。陈一杰不得不扶住了车的把手，身子才不至于被颠得歪倒。汽车驶过了一段土路后，又驶上了盘山道。陈一杰本就有些晕车，此刻更是感觉头晕目眩。

终于汽车驶出了山路，又途经了一段土路，方才驶向了一段看起来像正经公路的地方。陈一杰看窗外的景色，始终是青山绿林，初时觉心旷神怡，之后却发现其始终一成不变，再看坐在副驾上的林建国，已昏昏欲睡。

陈一杰倒并无睡意。他喜欢这样的景色，虽说单调，却让人感到安静，也能给予他安全感。他一直盯着窗外，直到车驶进了李沟镇市场监管所的大门。下车后，林建国活动了一下手脚，对陈一杰道："坐累了吧？这四个小时的山路可不容易熬啊。不过你的运气真好，回来咱们一路畅通，居然还赶在下班前到了所里，来来，我带你进去认识一下同事们。"

陈一杰跟着林建国走进了市场监管所的办公楼，一踏进楼门，他感觉仿佛被施了魔法一般，时间忽然变慢了。陈一杰曾在中心区市场监管所实习，那里忙碌的节奏与这里形成鲜明对比。林建国并不看陈一杰，大声道："哎，咱们所来了新同志了。"

听了林建国的话，坐在前台的刘姐抬起头来，挤出一个还算热情的微笑，表示了对新同志的欢迎。

林建国对陈一杰说："今天快下班了，我先带你去你的办公室，等明天再一一介绍你跟同事们认识。"

林建国带着陈一杰上了二楼，进到左边的一间办公室内。屋里坐着一位三十五岁左右的男性，一进他的办公室，节奏立刻快了许多，但见他满头大汗，正举着一个大号茶杯往嘴里灌水。

林建国道："小陆，刚回来？"

小陆也不答言，又灌了几口水，"咕咚咕咚"咽下去之后才"嗯"了一声。他一转脸见到林建国身旁的陈一杰，立刻又惊又喜，脸上绽开了花，问道："这是咱们新来的同志？"

林建国道："嗯，这是新来的小陈，陈一杰。这位是小陆，陆青。你们俩一个办公室，小陆，业务上的事你多带带他。"

陆青喜笑颜开地道："嗨，咱们业务上也没啥大的事啊？啊不，我的意思是说，您放心吧，我肯定好好照顾他。"

第二天中午吃饭时，办公室里，陆青一脸震惊地看着陈一杰吃面，以至于都忘了自己吃。陈一杰在吃完整整三大碗后，终于注意到了陆青的眼神，问道："陆哥，我是不是吃得太多了？"陆青难以置信地道："这么难吃的面，你也能吃得下？"陈一杰依旧无辜地道："我觉得挺好吃的呀。"

陆青道："你可真是个人才。"

"嗯，这是我特长。"

"啊？"

"我的特长就是特别能吃。小时候我妈一骂我，我就使劲吃饭，她心疼粮食，就不再骂我了。"

陆青哈哈大笑道："不错，你这个新来的我喜欢，有意思、有活力。"

陆青叹了口气道："老林带你来的时候，跟你说没说过咱们这儿山美水美？"陈一杰点点头。

"他说得没错，只不过咱们这儿'就剩下风景好'了。整天在这大山沟里头，一个月回不了两次家，活儿很多是重复的，这就是咱们的工作。按理说，你新来，不应该和你说这些，但这情况过几天你也就知道了。"

陆青继续说道："咱们这儿跟中心区比，那简直是一个天上一个地下。咱们所管的企业跟个体，加起来顶多也就一百多户，这还经常注销呢，再这么下去，估计连三位数都够呛了。所以，来咱们这儿办业务的人不多。"

陆青又问陈一杰："你有什么爱好没有？"陈一杰想了许久，终于道："吃饭算吗？"陆青乐得前仰后合，连连道："亏了、亏了。"

"什么亏了？"

"你来市场监管局亏了，你应该去说相声，天生的捧哏。老林把你分到我这屋真是太英明了，我这人没别的爱好，就好说个相声，你说除了我，谁还能当你的逗哏啊？"

陈一杰咧嘴一乐："你会说相声？我就爱听相声。"

"真的？"陆青有得遇知音的感觉，"我跟你说，我可会说了，什么《八扇屏》《扒马褂》，我都会说。我觉得你挺有幽默细胞的，冷幽默，你跟着我学相声，肯定能行。"

陈一杰道："我……我学不会。我说话说不了这么快。"

陆青说道："不是我非要教你，是在咱们所上班，最好是有点爱好。咱们隔壁屋那个张加索……"

"张加索？"

"对，就是张焱，我们都管他叫'张加索'，他总觉得自个儿是毕加索转世。咱们在这山沟里待着闷，人家可是乐在其中。一到周末，人家能坐在河沟边上待一整天，对着那河沟写生。可他这么天天画、年年画，我也没见他画出什么像样的画来。"

"还有咱们对门那个刘天硕，就是刚才在厨房抢着要做饭的那个，那是咱们所的'大厨'。"

"大厨？我看他穿着制服呢。"

"他当然穿制服了，他是咱们所里的干部啊。"

陈一杰心中疑惑不解。他来李沟镇市场监管所不到一天的时间，见识了不少的事情，其他的事他只当个新鲜事看，但刘天硕做饭的事却在他的心中蒙上了一层阴影。小时候，家里的表哥参军入伍，回来后跟他说，在部队"军事成绩最差的兵会被分到炊事班"。陈一杰心想，如果自己工作不好，会不会去当厨子？

陈一杰这一想便不可收拾。他想到在家里，每天都是母亲做好饭等着自己，自己长这么大，正儿八经的饭都没做过几顿，真让他当厨子，也未见得能干得好。想到母亲荆白草，他心中忽然涌起一阵愧疚，辛辛苦苦考上了公务员，最终却可能是"在这里做饭"，虽说工作无高低贵贱之分，但若是母亲知道了，不知她会多失望，更不知她会怎样痛骂自己。

陈一杰面的神色被陆青看了出来，问道："怎么了？"

"没……没什么，我就是想问，天硕哥他为什么是咱们的大厨？是不是……是不是业务不好，就要去做饭？"

陆青"扑哧"乐出了声："这都什么跟什么呀？这个刘天硕他不好别的，就好做个饭。刚才我把他轰走了，估计这会还在心里头骂我呢。不过你还别说，他炒的菜比专业厨子都好吃。他在咱们这儿有时还帮忙买菜。昨天，我陪他上李婶那儿去买菜，本来想顺便给李婶说段相声，结果李婶忙着卖菜根本不搭理我，得，我这算是白跑一趟。"

陈一杰说道："这么说，他是自愿帮着给大家炒菜做饭，我得多向天硕哥学习，为人民服务。"

陆青又"扑哧"笑出了声："他这算哪门子啊？市场监管局招他可不是让他来做饭的。"

陆青再次叹了口气道："哎，不过这事也不能怨他。在咱们这儿，不像中心区，天天都要出去检查。"

"为什么？"

"就是因为这里企业商家少呀，当然这也有好处，就是问题、矛盾呀也少。不过，咱们的工作也有很多难的方面，就先不和你说了，你干起来就知道了。"

陆青又补充道："咱们林大所长工作厉害、经验丰富，他还有半年多退休，你要多向他请教。"

陆青说累了，端起杯子去打水，陈一杰也跟了过去，迎面在楼道里碰见了张焱。张焱三十岁左右，有些飘逸感觉，看上去还真有几分艺术家的气质。张焱上下打量了几眼陈一杰，问道："你是新来的同事？你什么时候不忙了来找我一趟，我给你画张肖像。我这些年画过不少人物，从没见过像你这么有特点的素材，啊不，是人物。你一定来啊，一定要来找我。"

陈一杰端着满满一杯水往办公室走，冷不防后肩被人碰了一下，半杯水都洒在了地上。撞他的刘天硕赶忙停住脚步，连声道："对不起、对不起，小陈，我赶着出去买东西，没注意。"

这时，陆青从屋里探出头来说："昨天我不是刚帮你把今天的菜背回来，怎么又要出去？"

"厨房的糖用完了，我得去买糖。"

陆青笑了一声，露出一副都了解的表情。

刘天硕却问："我去赵婶的小卖铺买糖，顺便再买点调料，陆哥跟我一块去啊？"

陆青摆摆手道："我才不去。赵婶跟李婶一样，都不听我说相声，下回你去朱大爷那儿买肉时再叫我，咱们李沟，就数朱大爷爱听相声。"

刘天硕不屑地道："你可拉倒吧，朱大爷耳背，压根听不见你在说什么。"

刘天硕又转向陈一杰道："小陈，跟我一块去吧？"

陈一杰正愁不知怎样答话，林建国走了过来，说道："你自己买去吧，小陈有事要做。"

见到张焱探头探脑地在门口张望，陆青吆喝道："干什么，鬼鬼祟祟的。"张焱道："我又不找你，你急什么？"张焱又转向陈一杰道："那什么，小陈啊，明儿中午，我来找你。"张焱走后，陆青笑道："得，他这算是缠上你了。"

果然，第二天中午，张焱钻进了陈一杰的办公室，支起了画板，开始对着陈一杰写生。陈一杰初时有些不自在，张焱说道："你不用太刻意，就当我不存在，你该干什么干什么，睡觉也可以。"

再后来，张焱开始要求陈一杰做出各种动作来配合自己。陆青一进门，就看到陈一杰正手托腮，一脸严肃地做"思想者"状，差点让陆青乐得背过气去。

陆青对张焱道："哎，我说张大画家，您在我们办公室里赖着不说，还白用我们屋的人当模特，是不是得交点租子啊？"

张焱敷衍地道："交、交，你说怎么交吧？"陆青立刻来了精神道："我也不为难你，你边画画边听我说段相声就行。"

张焱闻言惊恐地望了一眼陆青，立刻收拾起画板画笔，对陈一杰道："待会儿上我那屋去，咱们继续。"陆青对着张焱飞快逃离的背影道："艺术不分高低贵贱，你画画是艺术，我说相声就不是艺术啦？我们支持你搞艺术，你是不是也得支持支持我？"

陈一杰来到李沟两个月后，林建国找到陈一杰，说道："你来咱们所里工作也有两个多月了，局里刚发了通知，说下周一让你们去局里开座谈会，谈谈这两个月来的工作情况。小陈，你这两天把手头的工作梳理梳理。"

陈一杰一脸苦相地回到办公室问陆青："让我去局里说我的工作，可……可我不知道该说什么呀。"陆青来了精神，说道："艰苦，重点突出艰苦！在咱们李沟，不需要作出什么突出的成绩，能在这里坚守下去，那就是对局里最大的贡献。尤其是你，一个新来的大学生，年轻气盛、血气方刚，这段时间里兢兢业业、毫无怨言，难道不值得称赞吗？"

陈一杰显然对陆青的话不置可否。他托着腮，没有张焱在面前，却仍旧摆出一个"思想者"的姿势，陷入了沉思。

周五下班前，陆青对陈一杰道："下周一去局里开会，你可得做好思想准备。"

"什么思想准备？"

"受刺激的思想准备啊。"陆青知道自己不能再多说，只安慰般地拍了拍陈一杰的肩，转身离去。

路世恒在座谈会上的发言果然十分出色，局领导频频点头认可。陈一杰知道路世恒素来口才出众，但真正刺痛陈一杰的是路世恒的发言内容。路世恒刚到所里，便协助同事查办了两起案件，罚款额都在十万元以上，查办案件的过程更是曲折跌宕。

"我们向法院申请冻结了当事人的账户，并且从当事人的账户中，查到了与之有账务往来的相关账户的信息，从而查清了违法获利金额。"

在路世恒的讲述中，就连平时处理消费者投诉听上去都是那么惊心动魄："我们辖区之前有一家健身房，前阵子我们接到不少对它的投诉。消费者说他们的服务态度不如从前，很多器械突然都不让使用了。我们梁所觉察出不对，带着我们前去检查，发现他们要撤店，却没通知消费者。他们的会员卡金额低则几千元、高则上万，如果突然撤店，肯定会引发大问题。梁所当即约谈了健身房负责人，要求他限期给消费者退卡。撤店前夕，我们再去检查，不少前去退卡的消费者拉住我们说，幸亏了我们市场监管所，不然一下子亏这么多钱，他们肯定受不了。"

相比之下，陈一杰的汇报乏善可陈。最终，局领导只说了一句："李沟那个地方很艰苦，年轻人能在那里待下去很不容易。"

座谈会结束后，陈一杰准备坐车回李沟，路世恒叫住了他："你这就走了？""嗯，道远，我得早点走。"

"唉，"路世恒叹了口气道，"本来想留你多聊会儿的，可刚才领导说让我回去把汇报材料好好整理整理，过几天再来单独汇报，我也得赶紧回去准备了。"

陈一杰微笑着，不知该说些什么。路世恒劝慰他道："你回去也好好干，争取早点调回来。年纪轻轻，总不能在那大山沟一直待着。"

陈一杰此时却忽然倔强了起来，说道："我……我们李沟也挺好的，山美水美，人也有意思。我们那有个画画的张哥，整天让我给他当模特，我还会学那个'思想者'。还有跟我一屋的陆哥，他会说相声，会背好多贯口，嘴皮子可溜了，说话也特别逗。还有我们林所长，对我可好了。最关键的是我们的工作非常有意义。"

路世恒十分不屑甚至有些恼怒地挥挥手："这都什么跟什么呀？还有你们那个林所长，再有半年就退休了。"

陈一杰将头转向一边，望着远方忽然嚷了起来："车来了！"而后一路小跑奔了过去，头也没回。

陈一杰回到所里后，陆青看他的脸色就明白了七八分。

陆青叹口气道："得，受刺激了吧？"

陈一杰先是咧嘴一笑："没有。"而后却也难掩有些低落的情绪，说道："我只是觉得，他们办案子，真是挺精彩的。我之前来市场监管局，想的就是能当执法人员，天天办案，一定特别有意义……"

陆青接口道："咱们虽然是山沟，论案子肯定比不了他们，但咱们的工作受到这里百姓的尊重。而这生活中的趣味就要靠你自己去发现，你刚来时我就跟你说过了，你得培养个爱好，自己给自己找点乐子。"

陆青见陈一杰依旧一副闷闷不乐的样子，又说道："要不你出去转转，没准就能发现什么。"

陆青的话显然打动了陈一杰。陈一杰进入市场监管局工作时，管片的市场监管干部从过去网格责任人的称谓改为市场监管联络员。李沟镇市场监管所鲜能接到举报，因此陈一杰没什么机会出去检查。没有机会创造机会，陈一杰在陆青感召下，戴上帽子就走了出去。

与城区不同，忽然出现了一位穿制服的人，自然会引得乡间众人侧目。陈一杰步态原本还算自在，可被众人盯久了，心中不由得阵阵发虚，手脚也开始不协调起来。陈一杰用走了一阵，实在不愿再当这个焦点，便转身准备回去。

正在此时，陈一杰忽然听到附近院墙内传来一阵吵闹声，男人的喝骂声、女人的哭声，锅碗与门板的摔击、碰撞声……一个人影从院门中冲了出来，一时间陈一杰也忘记了闪避，那人竟一头撞到了陈一杰。陈一杰退了两步。

这一下止住了那人的脚步，那人抬眼看到陈一杰，赶忙连声道歉："对不起，对不起，我没看到您在这里。实在对不起，我……"那人看到陈一杰穿着制服，眼中些许惊慌。

陈一杰见眼前的人是位十八九岁的姑娘，梳着两条油亮油亮的麻花辫，穿着一件碎花衫子，脸上哭得梨花带雨。

如今在农村，这样的装扮也很是少见，年轻的面孔配上油亮的麻花辫，很容易让人回忆起自己的初恋，只可惜陈一杰的初恋还没开始。

陈一杰看到女孩挂满了泪珠的脸庞，心中涌起一阵同情，不由问道："怎么了？跟家人吵架了？"

女孩抹着眼泪道："我哥说我给我爷买的牛奶是过期的，他骂我，还要动手打人。"

陈一杰心中潜藏依旧的仗义之情被面前的女孩激发了出来："买了袋过期牛奶就要打你？"

"嗯，我家穷，我哥说我糟蹋钱。"

"那就去商店把牛奶退掉啊。"

"我……我不敢。"

两人正说着，女孩的哥哥追了出来。他指着女孩的鼻子就要接着骂，却见到女孩和陈一杰站在一起，不免收敛了一点，勉强挤出一丝笑容，道："哟，警察同志。"

陈一杰见她哥哥如此蛮横，义愤之情更甚。

陈一杰强鼓起勇气说道："你是她哥哥？如果商品有问题，可以找商家。商家不解决，还可以找消协投诉。无论如何，你骂你妹妹都是不对的，更不能打人。"

女孩哥哥大概也看出他的色厉内荏，嘴上噙着一丝嘲讽的笑意说道："警察同志，这是我们的家务事，就不麻烦您来管了。"说罢，就要伸手去拉女孩，嘴上说着："赶紧跟我回家，一个大姑娘跟不认识的男人就这么站在大街聊上了，也不嫌害臊！"

陈一杰也不知自己哪里来的勇气，上前一步拦在了女孩身前，对女孩哥哥说道："我不是警察，我是市场监管所的。我们市场监管所就是保护消费者权益的，如果你们购买的商品有质量问题，我们可以帮你们解决。"说罢，转过头去对女孩说道："走，你回家拿上你买的牛奶跟我回所里，我帮你找商家协商解决。"

女孩闻言，似有了救星一般，飞奔回家取了牛奶。而后，陈一杰便在女孩哥哥瞠目结舌中，带着女孩回到了市场监管所。

陆青一见陈一杰带了个女孩回到办公室，表情和女孩哥哥如出一辙。陈一杰被他看得有些不好意思，只得解释道："这位姑娘买了过期牛奶，我想办法帮她跟商家协商解决一下。"

陆青见状，眼珠一转，说道："哦，刚才张焱来找你，好像有点急事，要不你先去他那儿一趟？"

陈一杰闻言赶忙对女孩道："真对不起，我先去同事那儿，马上就回来，麻烦你等我一会儿。"女孩点了点头。

陈一杰前脚刚出门，陆青就追了出去，在楼道拦住了他，说道："没人找你，是我有话要跟你说。"

"啊？"陈一杰愣住了。

陆青劝道："关于食品的投诉处理起来很复杂，很多情况下不是咱们的职能。再说，你刚来没多久，一桩投诉都没调解过，没有经验。有些人，平时挺和气，一摊上事，你不知道他们会闹出什么景来？"

陈一杰一腔为人民服务的热情被陆青兜头浇了一盆冷水。他一路蹭着回到了办公室，一眼便撞上女孩渴盼的眼光，心中顿时没了主意。

女孩从包里掏出牛奶，双手递给陈一杰："警察……啊不，市场监管同志，您帮我看看这牛奶……"

陈一杰硬着头皮接了过来、他翻来覆去地看着这牛奶，牛奶包装袋上总共也没有多少字，他看了一分钟之久，实则是在心中想着该如何同女孩解释。但这一分钟却意想不到地救了他，他一眼看到一行小字，激动不已，对女孩道："你这牛奶没过期，这上面的日期是生产日期，你们一定是把这个日子看成是到期的日子了，这牛奶还有半个月才到期呢。"

女孩眼中闪动着惊喜："真的吗？"

"嗯，你再仔细看看。"

女孩接过牛奶细看的功夫，陆青端着茶杯走了进来。因为被屋里的女孩分了神，陆青没注意脚下，被绊了一下，险些跌倒。

陆青看了一眼脚下的东西，不由抱怨道："你说这局里也真是的，印这些宣传材料，多占地方，你说刚才我要是被绊倒了，谁给我算工伤啊？"

陈一杰抬头问道："什么宣传材料啊？"

陆青说道："宣传《消法》的材料，都发下来好几个月了，你没来的时候就在这儿了。往外发了一些，还剩下不少。拿到的人说这宣传册字小，上面写的有些地方也看不懂。咱们这儿的消费纠纷，都是熟人，通常是自己就解决了。"

陆青自己说得高兴，浑然忘了屋里还有外人在。说到最后一句时，忽然瞅见了坐在陈一杰身边的女孩，赶忙道："对不起啊姑娘，哎，对了，要不你拿一本走，以后遇到这种事，你就可以找《消法》看看，省得吃亏。"

陈一杰也觉此话有理，赶忙道："对，你拿一本。"说着伸手将外包装拆开，取出一本宣传册递给女孩。

女孩接过宣传册，连声道谢："谢谢你们，我回去一定好好学。"

没过几天，陆青见陈一杰在电脑前"噼啪"一直敲打着，凑过去开玩笑地说道："干啥，写小说呢？你还真别说，咱们所里哈，我说相声，张焱画画，现在我听说还有人练上书法了，这曲艺界、书画界的都有了，就差个写小说的，咱们就能组建个文学艺术界联合会了。"

陈一杰抬头道："没有，我哪会写小说？"

他扬了扬手中的《消法》宣传册，说道："金秋说，这上面的字太小，有些内容也比较难懂，她爷看起来很费劲。我把它重新编辑一下，字体调大一点，摘取重点，把语句变得更通俗易懂些，印成宣传单，发给这边的老人们看。"

"金秋是谁啊？"

"就是上回来咱们所里的那个女孩，买了'过期牛奶'的那个。"

"哦。"陆青不再说什么，从墙角拿了一本《消法》宣传册，默默地回到自己桌前，静静地翻看着。对于陆青这种嘴皮子一秒钟都不能停歇，连梦中都要说上一段贯口的人来说，能保持这么样的安静，实在有些反常。

迟钝如陈一杰都发现了这种反常，停下手中的敲击，关切地问陆青："陆哥，你怎么啦，是不是哪儿不舒服？"

陆青一愣，随即道："我没事。"陆青又自嘲地笑了笑，道："小陈啊，你是不是觉得，我这人有些不务正业？"

"啊，没……没有。"

陆青道："我爱相声，但我也爱咱们的工作。你来了以后干的这些事让我想起了很多。你要好好干工作，我支持你。干吧，我不打扰你了。"

陈一杰认真地道："我真的特别感激你，你对我真的很好。""要说感谢，我也应该谢谢你。""谢我？""嗯，你让我开始反思……"

此时，他们听见外面刘姐冲人高声说道："这位同志，你不能随便进我们的办公区！有什么事您先跟我说，您到底要找谁啊？"

来人是位声音沙哑的男子："我要找姓陈的同志。"

"你找小陈有什么事吗？"

"他不是能帮我们伸张正义吗？我要告卖我东西的那个姓王的！"

陈一杰闻言，赶忙出门，将男子请进自己的办公室，说道："您有什么事，进屋慢慢说。"

男子大摇大摆地走进屋里，坐了下来，说道："街口开小超市那个姓王的老娘们，你知道吧？"

"您说王大嫂开的幸福超市？"

"哎，对，前阵子金秋不是在她那买了'过期牛奶'吗？今天早上我花八十块钱，你听听，整整八十块啊！"男子用手夸张地比着说道，"我花八十块在她那买了口大炒锅。你猜怎么着？还没拿回家，在路上把手就断了，您瞧瞧。"

男子说着将手里提着的袋子打开，果然，里面安静地躺着一只断了把手的大炒锅。

陈一杰走上前去认真查看炒锅把手断掉的地方，陆青也凑上前去看。陈一杰反复查了一阵，方才对男子道："先生您贵姓？"

"我姓卢。"

"卢先生，您买这个炒锅，有发票吗？"

"发票没有，咱这地方的小卖铺，谁给你开发票啊！"

"那有什么其他票据吗？"

"有，有个小票。"姓卢的男子从兜里掏出小票递给陈一杰。

陈一杰对照了一下，锅的确是从幸福超市买的，而幸福超市正是他的管片。

陈一杰拨通了王大嫂的电话，请她到所里来一趟。王大嫂虽说不情愿，但还是来了。王大嫂一看那口把手断掉的锅就大嚷起来："这锅咋成这样啦？"

她环顾了下，看了看陈一杰，随即指着卢姓男子的鼻子骂道："一定是你小子犯坏！你对我外甥女不怀好意，被我告诉她妈了，所以你卢三就怀恨在心，给我整这么一出！"

"我呸！"卢三啐道，"明明是你卖假冒伪劣产品坑人，你还倒打一耙，反咬一口！你上次卖给金秋'过期牛奶'，这次又把这烂玩意卖给我。你说，你是不是想把咱们李沟的人都坑遍了？！"

"我呸！你才坑人，我要是坑了你，我就不姓王！"

"嘿，你还敢骂人，看我不扇你！"

两人说着就要动手，一旁的陆青早就看不下去了，喝止道："干什么呢！这是市场监管所，有事说事，不许动手，不然我就让派出所的同志来了！"

陆青的话勉强止住了两人的争吵，陈一杰这才能插进话去："这位卢先生，我纠正您一下，金秋在王嫂那里买的牛奶不是过期的，是她看错了。至于您这口锅，王嫂，这锅在您店里时就是这样的吗？"

"当然不是了，这锅原先好好的，我卖的时候都是摆在货架上，谁瞅中了哪口我就拿袋子给装好。我能把坏的拿出来卖吗？"

"那可不一定！我回家路上把手就断了，难道这锅的把手是草扎纸糊的？"

陈一杰转向卢三，说道："卢先生，据我观察，这只炒锅的把手是被人弄断的，您看，这断口边缘还有被砸过的痕迹。"

"什么？！"卢三一听这话怒不可遏，"你的意思是这把手是我自己砸断的？！"

"您别……别着急，我是说，可以拿去做质量检测，如果真的有质量问题……"

卢三不等他说完，就暴怒地一拍桌子，站起来指着陈一杰的鼻子骂道："你竟然怀疑我！我问你，这姓王的给了你什么好处！"

陆青实在听不下去了，说道："这位同志，请你注意言辞。"

"怎么啦？我的话说得你们不顺耳啦！你们是不是还想打我？"

卢三的怒火让陈一杰心中一阵害怕，他努力壮着胆子道："卢……卢先生，我们的意思是，你不……不能骂人。"

"我就骂人怎么啦！怎么啦，来来来，有种你打我！来来来，冲这儿来！"卢三说着，指着自己的脑门，一头朝陈一杰撞了过来。

陈一杰本能地想躲开，但在中心区长安路19号的那一幕猛然涌上心头，刺激得他一个激灵，本已挪开的脚步又挪了回来。可是这么一挪，陈一杰的身子不由得向前倾，卢三又来势汹汹，脑袋重重撞在陈一杰胸口。陈一杰脚下一个不稳，四肢朝天结结实实地摔倒在地。

陆青一见陈一杰被撞倒，赶忙在楼道里嚷道："快来人，小陈被人打了！"

刘天硕、张焱等人闻言赶忙赶了过来，副所长丁立凡也赶了过来，几人七手八脚将陈一杰扶了起来。王大嫂在一旁道："小陈同志，你没事吧？这要是伤到了骨头可怎么好啊！必须得让姓卢的赔！"

王大嫂的话提醒了陈一杰，陈一杰转头一看，卢三早已不见了踪影。

丁立凡问道："小陈，你没事吧，要送你去医院吗？"

"没……没事，"陈一杰勉强扶着腰站了起来："就是摔了一下，没什么大事。"

丁立凡又道："小陆，你去给李沟镇派出所打电话，让他们派人来做笔录，这算是暴力抗法，必须得让他们严肃处理。"

陆青看了丁立凡一眼，最终还是打了电话。

由于陈一杰坚持不去医院，丁立凡只得让刘天硕找来村卫生所的大夫给陈一杰做了基本的检查。大夫说陈一杰只是皮肉伤，众人这才算放了心。

派出所的人下午来做了笔录。警察走后，陆青叹了口气，对陈一杰道："你别抱太大希望。这个卢三，还有那个金秋的哥哥金力，他们俩是咱们李沟有名的一对混子。我早就知道他们俩，就是没见过金力的妹妹。早知道上回那姑娘就是金力的妹妹，我当时就该告诉你的。卢三肯定是听金力说你能帮人解决消费纠纷，这才缠上你的。今天这事啊，丁所把能做的都做了，但他也只能做这么多。"

陈一杰有些惶恐："陆哥，我知道，今天这事是我做错了。"

"错？你有什么错？"

"今天出了这么大的事，都是我的错。"

"你有什么错啊？我说陈一杰同志，你能别在承认错误上这么积极主动吗？"

陆青叹了口气道："你唯一的错就是没能保护好自己。

今后你该注意保护自己了。我唯一担心的是，经过这事，你对工作的热情或许就没了。"

陈一杰愣在当地，不知道该说什么。

不过，出陆青意料的是，他居然没有"一语成谶"——此事之后，陈一杰非但没被打击得一蹶不振，反倒更为干劲十足。

陆青看着陈一杰忙前忙后、跑里跑外，不由自言自语道："傻有傻的好处啊。"陈一杰咧嘴一笑道："金秋说，我编的《消法》宣传单她爷可喜欢看了，又让我印了好多份，发给朱大爷、李婶、王大嫂他们，咱李沟的老人们都喜欢。"

陆青刚想发表几句感言，却见丁立凡走了进来，说道："小陈，你来我办公室一趟。"陈一杰跟着丁立凡走进了他的办公室，丁立凡一进门，赶忙将自己桌上的字帖收了起来，而后说道："小陈，你坐。上次的事，让你受委屈了。不过我听说，你之前帮过一个叫金秋的姑娘，是吗？"

陈一杰道："也没帮上她什么忙，她买的牛奶本身就没过期。"

"哦，那你们现在还有联系吗？"

"有，她让我给她爷，还有其他一些老人讲消费者保护的知识。"

"所以你就去了？"

"嗯，我去过几次。"

"除了这个，她还让你帮她干过什么？"

"我……我还帮她爷编了个《消法》宣传单，其实就是根据咱们局里发的那个宣传册改的。"陈一杰实在不是擅长邀功的人，此刻不免搜肠刮肚。

丁立凡面无表情地说："哦，还有什么其他私人的事吗？"

"没……没有。"

丁立凡说道："小陈啊，你年轻，刚来咱们单位不久，将来的路还长。咱们是公职人员。利用自己手中的权力为自己谋取利益，不管这利益是金钱或是什么其他的，都决不允许。这是必须遵守的底线。"

丁立凡的语气略缓和了些，又道："小陈，你别怪我今天说话重了点，但是真心为你好。你懂我的意思吗？"

陈一杰显然没懂，他茫然地看着丁立凡。丁立凡忽然有种一头撞在棉花上，一身的力气没处使的感觉。他无奈地摇了摇头，对他说道："你回去吧。"

陈一杰懵懵懂懂地回到了办公室。"解说家"陆青再次上线："丁所找你说那事了？"

"什……什么事？"

"嗨，你刚走，刘天硕就来跟我通风报信了。卢三来找丁所，说你成天'调戏金力的妹妹'，人家本身不愿意，你就是仗着自己这身制服。哎呀，卢三的嘴你是知道的，那话说得要多难听有多难听。我就不给你学了。他前脚找完丁所，后脚就在李沟到处给你传闲话，这不，刘天硕就是买菜的时候听卖调料的朱大爷说的。那朱大爷耳背，连他都知道了，李沟还能有谁不知道？"

停了一下，他接着说："丁所之所以找你谈话，还是因为你年轻、新来，他是提醒你注意。这也是一种成长，咱们的工作碰到这样的事不奇怪。"

陈一杰愣住了："他说我……我跟金秋？"

"嗯，嗨，其实这事咱们都明白。卢三在你这儿碰了钉子，怀恨在心，故意报复你……"

陈一杰忽然沉默了，这沉默和他往常答不出话时的沉默很不相同。陆青看出这不同，问道："你怎么啦，怎么忽然不说话啦？"

陈一杰对陆青道："陆哥，我不说话就是因为我在想，怎么向丁所解释这件事。"

"啊，这种事还用得着想？"

"嗯，我脑子慢，得想。"

陈一杰正准备低头沉思时，张焱忽然在门口探头探脑地道："哎，小陈，你什么时候约那个金秋来给我做次模特啊。金秋那姑娘名字就像一幅画，人长得也像幅画，整个人简直就是为绘画而生的。"

陆青气得挥手道："滚、滚、滚，这儿正烦着呢，你还来添乱！"

张焱说得没错，金秋名字像画，人长得也像一幅画。金秋大大的眼睛好似秋水一般，红润的脸庞好似金秋时节的硕果。

陈一杰回想着金秋的面孔，心中思考着。思考了许久，陈一杰忽然感到豁然开朗。他对陆青道："陆哥，我会向丁所解释。我和金秋之间什么也没有，只要是咱们的职责，我还是会帮她，不管别人说什么。至于卢三，相信丁所会告诫他的。"

陆青愣愣地看了一阵陈一杰，忽然感叹道："这人还真是不可貌相。你受了这样的冤枉，居然还能有这个心态，坚持干业务工作不松懈，真让人佩服。"

陈一杰心中十分震惊，他从没想过自己还能有让人佩服的地方。陈一杰来到市场监管局的这一年，正巧是市场监管局取消企业年检制度，改为网上自主年报。由于信息较为闭塞，李沟镇市场监管所虽说辖区主体数量是全局最少，年报率却是全局最低。陈一杰本就想找机会多出门转转，这下他干脆挨家挨户地宣传年报，遇到不会上网的商户，他便用自己的手机帮他们在网上申报。于是，李沟街头经常能看到一位穿着制服的年轻人举着手机找信号。李沟镇市场监管所的年报率居然从最后一名攀升到了第七名，而开发区一共十三个市场监管所。这个成绩令林建国非常兴奋。

林建国召开了所务会，通报了这一情况。林建国发言："同志们，我想让大家，当然也包括我在内，我们所有人都好好想一想。李沟这地方条件比不了市区，但为什么一个刚来市场监管局几个月的大学生，能做到这些……"

陆青忽然扬了扬手。陆青素来以嘴贫著称，而且说起来话来没完没了，林建国怕他来个什么三言两语，把自己好不容易调动起来的情绪给说没了。陆青不断表达发言愿望，林建国就说道："小陆，你想说什么？"

陆青清了清嗓子，说道："林所，我最近创作了一个快板书。"

林建国一听这话登时气不打一处来。他不好发火，却也是强压着怒火说道:"小陆,你那个艺术创作的事,能不能放到会后再说,咱们现在说的是工作。"

"我说的就是工作,我那个快板书的内容就是宣传年报。咱们局里宣传年报都用什么方式啊!打广告牌,在杂志等媒体上做广告。咱们李沟哪有大广告牌啊,这报纸送到咱们这儿都得晚一天到。平时镇里的男女老少经常聚在一起聊天,我就想利用这机会给他们说段快板,乐着就把这事给他们讲清楚了。"

林建国道:"这是个好思路,小陆啊,你说没白相声说呀,这算为咱们所干了一件好事。"

"可不止一件。"陆青接口道,"我还在编个宣传《消法》的快板书。当然了,这也是受了小陈的启发。林所,这事您得支持我吧?"

"支持支持,肯定支持。"

陆青的话显然启发了其他人,张焱赶忙道:"我看小陈之前不是在编《消法》宣传单吗,要不我给他配上插画,这样更吸引人。"

林建国点头道:"嗯,可以、可以。"

刘天硕道:"那……那我给大家做好饭,做好后勤保障工作。"

"做什么饭？！"林建国一拍桌子道。

"我……我下回买菜的时候去跟那些卖菜、卖调料、卖杂货的商户宣传年报，还有一起买菜的大叔大婶，我给他们讲《消法》还不行吗？"

林建国点点头道："嗯，这还差不多。"

大家七嘴八舌地说了很多，林建国感到前所未有地满意。回到办公室，他翻阅《老子》，看到"治大国若烹小鲜"这句话，心想，莫说是泱泱大国了，就是小小一个市场监管所，管好了也不容易啊。

会议结束后，陈一杰回到办公室，心还"砰砰"跳个不停。他这辈子还从没有被老师或者领导表扬过，更何况还是如此高的褒奖。他有一种受宠若惊的感觉。

但他没能在这种感觉中沉醉太久，金秋就出现了在他办公室。"陈……陈同志，我有点事情想问你。"

"什么事？你坐下慢慢说。"

"我订婚了。"

"啊？"陈一杰一惊，"你才十几岁吧？怎么就订婚了？"

"我虚岁十九了，现在订婚，等后年到了岁数再领证结婚。"

陈一杰只得道："那就恭喜你了。男方是什么人？"

"是我们村的李庆。订婚之后，他说要出去赚钱，赚多多的钱，让我过好日子。可是最近，他跟我说他跟人一起干了一个什么项目，往里投了不少钱，却没见着他赚回来。陈同志，你见多识广，他这个……会不会是上当了？"

金秋在手机上给陈一杰发了一条信息。陈一杰低头看了很久，说道："你等等。"陈一杰把手机拿给陆青看，问道："陆哥，您帮我看看，这是不是传销啊？"陆青只瞄了一眼，说道："这还用说，肯定是传销。"

陈一杰对金秋说："这传销害人害己，搞不好要血本无归、家庭破裂。你赶紧劝劝他吧。"

"啊，传销！"金秋顿时声音中就有了颤抖，说道，"陈同志，我说他……他肯定不听，他认为女孩家没见识。要不我让他来找您，您是穿制服的，您说话他肯定听。"

陈一杰点了点头。

可金秋却又道："要不然还是算了。金力他……什么都好，就是脾气不好。我怕万一……又发生上次卢三那样的事。陈同志，其实我心里一直觉得对不住您，都是因为帮我，您才……才受了这么多委屈。"

陈一杰道："你这说的是什么话，帮你是应该的，至于你未婚夫……"陈一杰鼓了鼓勇气道："你让他来找我吧。"

金秋走后，陆青笑道："你不怕再被打？"

陈一杰笑道："被打我就躲呗，小时候我妈打我，我躲得可快了。再说，我让她未婚夫来，还有一个目的。"

"哟，你说说，啥目的？"

"咱们市场监管的职能之一就是打击传销，我在想能不能从他那里问出什么案件的线索。"

陆青张了张嘴，却没说出话来。

陈一杰问道："怎么了陆青哥？你想说什么？"

"这件事情你要想明白它的难度啊。"

陈一杰默然。

李庆听从了金秋的建议，来到市场监管所找陈一杰。李庆对陈一杰说话很客气："女人家就是心眼小，我跟人合伙做生意，她偏不放心。不过陈同志，还是得麻烦您帮我看看，我这生意到底能不能赚钱啊？"

李庆嘴里埋怨着女友心眼小，其实自己心里也担心赚不到钱。他把与人签订的购车协议递给陈一杰，说道："我给他们交了会费后，就成了他们的会员。然后我只要推荐三个人交费成为会员，就可以出局，出局时就可以提车，并且还有奖励，而这三个人再分别推荐……等于我又买了车，又赚了钱，而且推荐的人也是这样。陈同志您看，是不是这样啊？"

陆青凑过来看了看这份协议，然后皱了皱眉。陈一杰仔细地把协议看了又看，也已断定这个所谓售车的公司就是在传销。

陈一杰耐心地说道："表面上看是这样的，但实际上，你要先交会费，再推荐三名会员分别交钱，才能享受到提车和奖金。你推荐的会员从哪里来？"

李庆说道："我找了两个我们村的人，还差一个，陈同志有没有兴趣？"

一旁的陆青实在听不下去了，不由得感叹道："哎呀，现在这传销可真厉害，发展下线都发展到市场监管所来了。"

李庆一听这话，赶忙道："陈同志，我没别的意思，我是真觉得这个挺合适的，才推荐给您。我实在不明白，这到底有什么不好啊？"

陈一杰道："他们给你所谓的奖金，其实都是从下线缴纳的会费中来。如果咱们大家都做这个，那你以后的下线从哪儿来？"

"具体来说，你还差一个人才能出局，剩下那个人从哪儿找？还有，你找的这两个下线都是你们村的人，他们以后从哪儿找下线？找不到下线，他们就出不了局，这会费就打水漂，以后你们在村里抬头不见低头见，还怎么相处？这就是传销。"

李庆愣了一下，而后道："那陈同志你的意思是，这事不能干。"

"传销违法，当然不能干。"

"可我也交了一万五千块啊。我实话跟你说吧，这钱是我从我爸给我娶媳妇的钱里拿出来的，这要打了水漂，你说……还有，我们村那俩人，他俩一个会员都没推荐，现在一分奖金还没拿到呢。他俩家里都不富裕，是因为信我才投的钱。"

陈一杰望着有些惶急的李庆，沉思了一阵，方才说道："你们这样真的挣不到钱，你现在只有悬崖勒马一个选择，做下去只会越陷越深。"

陈一杰安慰了李庆，就让他先回去了，说有消息会通知他。李庆走后，陈一杰在系统里搜索了和李庆签订协议的公司，其注册地址在清门城中区，并不属于开发区分局的管辖范围。

陆青问道："这家公司不归咱们管，你打算怎么办呐？"

"我打算告诉林所，让他向市局反映。"

陆青看了他一眼，没再出声。

陈一杰将手中的传销线索汇报给林建国后，丁立凡对林建国道："林所，您打算怎么办？"

"还能怎么办，自然是向局里汇报，让他们向市局汇报。"

丁立凡说道："咱们李沟这边的事情也要准备好。"

林建国本来要去拿电话听筒的手停在了半空中，若有所思。

陈一杰递交的案件线索受到了市局和城中区分局的极大重视。市局执法处联合城中区分局执法队查封了传销公司的资产。但果如丁立凡所说，李沟这边也有事。还好，在林建国、丁立凡的努力下，没有发生太大的问题。

这天，林建国脸色有些落寞地把陈一杰叫到办公室。林建国道："小陈，明天一早你去局里一趟，人教科找你谈话。"

人事部门找自己谈话，陈一杰心中忐忑。这被林建国看在眼里，心中不忍，不由道："按规定我不该告诉你，但这是好事，你别害怕。"

"好事？"

"嗯，你在咱们李沟干的所有工作，局里都了解了，局里想把你调回去。"

"调回去？"

"对，去局机关。"

"啊！"陈一杰愣住了。半晌，他忽然说出了一句自己都不敢相信自己有勇气说出来的话："我不想去。"

"什么？"林建国惊愕不已，"你说什么，你知道自己在说什么吗？你才来了不到一年，就从基层市场监管所调到局里，这是多少年轻干部求之不得的好机会呀。"

陈一杰却依旧'冥顽不灵'："可……可我喜欢这儿。"

"喜欢？你是喜欢听陆青耍宝，还是喜欢看张焱瞎描？这是工作，不是喜欢不喜欢的问题！你想跟这帮人一样在这大山里混一辈子？"

林建国自从来了李沟镇，很少对人这么严厉过，陈一杰被林建国的气势震住，不敢再说什么。

林建国恢复了往常的语气："明天，好好跟人教科说说你在李沟做过的工作，什么宣传年报、定期下乡等，都说说，说全了。这是个机会，要好好把握。"

再次见到人教科科长江涛，他审视着陈一杰。江涛做人事工作也有十年了，自认为看人还算准，但他万万没想到，这个'姥姥不疼、舅舅不爱'，之前不显山露水的小伙子居然会得到局里如此重视。

江涛对陈一杰说道："我刚才听你介绍自己的工作，你在所里的业务还是很全面的。企监、消保、网监等工作都做过。现在局里消保科、网监科、企监科都有空缺，你更倾向于做哪方面的业务？"

陈一杰之前主动递交了案件线索，局领导得知此事后，对陈一杰大加赞许，并和各科室都打过招呼，因此陈一杰第一次自己有了选择权。

陈一杰沉默了许久，忽然低下头道："我……我还是想回所里工作。"陈一杰话一出口，心中突然有些后悔和害怕。他抬起头，看着江涛，后者正错愕不已。

陈一杰道："我……我服从组织安排。"

江涛还没从错愕中回过神来，只得道："哦，那我跟局领导请示下吧。"令陈一杰万万没想到的是，局里竟把他调到了中心区市场监管所。

此时恰逢清门市郊铁路正式开通运行，林建国送他上了回市区的列车："你被调回了市区，咱们李沟也通了火车，这是双喜临门啊。小陈，祝你今后工作顺利。送你一句话——坚持你认定的事，认真去做，别管别人说什么，这样你的人生才不会虚度。"

陈一杰有些不舍，要说什么，林建国却道："别说了，车要开了，上车吧。"

返城的列车启动了，崭新的车厢似乎昭示着陈一杰的人生进入了全新的阶段。陈一杰坐在车厢里反复思忖林建国临行时送自己的话。"坚持"也许就像这开动的列车一般，无论未来的路有多长，一旦出发，便要一直向前，永不回头。

往事诉与何人说

一

阚慧霞从来不认为，自己是一个活在过去的人。奈何
过去却总在不经意间来到她的面前。

阚慧霞是清门市市场监管局执法大队的队长。执法大
队是市监局乃至市里的一把利剑。利剑出鞘之时，便是违
法行为得到查处之时。

和市场监管所一样，执法大队同样需要处理12345工
单，只不过所里处理的大多是投诉，而执法大队受理的则
多为举报。这次被举报的是一个名为"石湾"的网络平台，
被举报其打着"区块链"的旗号进行传销。

副队长林青峰道："阚队，什么叫区块链啊？我们在网

上查了半天，可这网上的解释，我们看了半天，也没完全弄懂。后来我们又研究了半天，才明白这区块链是跟数字货币有联系。我记得总局发文说要打击数字货币传销，是不是只要是数字货币就是传销？这区块链又跟传销有什么关系？"

阚慧霞被林青峰这一连串的问题问得头晕，她按了按太阳穴，忽然想起了什么，说道："咱们做市场监管，必须得跟上时代。这次这事就是一个挺好的契机。要是咱们连举报单都看不懂，那还怎么干工作？这样吧，正好，我认识一个这方面的专家，我这就联系她，让她给咱们做个讲座，专门讲讲这个区块链。"

林青峰道："那可真是太好了。"阚慧霞点点头道："回头我再跟领导建议下，这个讲座的范围不能仅限于咱们经检处，最好让咱们全局的同志都来听听。"

阚慧霞口中的专家不是别人，而是自己的胞妹阚慧飞。和事事细致谨慎的阚慧霞不同，阚慧飞性格开朗，凡事不拘一格。她疯狂地热爱新生事物，也总能把握时代的脉搏。

阚慧飞听闻姐姐的来意，不由得得意起来："姐，不是我说你，你们干市场监管，也该跟上时代，别整天就埋头在你们那些案子里，也该抬起头来看看现在市场上都发生了什么。如果说二十一世纪第一个二十年是互联网的二十年，那么第二个二十年就是区块链的二十年。如今区块链是多热的风口啊，你们倒好，连这都看不懂了。整天就知道你们那些日常工作，两耳不闻窗外事。"

阚慧霞道："你这怎么又冲我来了？我这不就是因为关心市场上的新事物才向你请教的嘛。而且，我还想请你去我们局里，专门做一次讲座，给我们全局的同志普及一下区块链知识。"

阚慧飞忽然想到了什么，眼珠一转，道："姐，你请我去做讲座，打算给我多少报酬？"

"这……"阚慧霞有点为难，"我们局里经费有限，我请你吃饭怎么样？就当帮姐一个忙。"

"我出场费可是很贵的，不如这样吧，姐，我给你单独培训，给你讲明白之后，不仅你可以给你们单位的同事做讲座，将来没准你还能成为你们那儿的区块链专家呢。"

二

被举报的公司的登记信息为"清门市石湾投资管理咨

询有限公司",其办公地址在一处偏僻的写字楼里,办公区只有寥寥数人。阚慧霞进入石湾的办公区,出示执法证表明身份后,接待她的负责人刘齐显然有些紧张,磕磕巴巴半天没说出一句完整的话来。阚慧霞皱了皱眉,她在办公区扫视了一圈,一眼瞥见了一台电脑屏幕上显示的一张表格,其中一栏写着:会员等级,底下分别有 VIP 会员、白金级会员、钻石级会员。另一栏则是:奖励设置,底下分别是产品奖、积分奖、直推奖、管理奖、向上奖、股权奖励等共十二项奖励制度。那电脑的主人看到阚慧霞向自己的方向望来,赶忙将表格关掉。

阚慧霞当即道:"把你们的电脑打开,我要进行取证。"刘齐无奈,只得配合阚慧霞打开电脑。阚慧霞让林青峰用优盘拷走了相关资料,对刘齐道:"麻烦你在这份现场检查笔录上签字。"

刘齐一看那份"现勘",又开始心虚起来:"这个……我不能签。"林青峰立刻上前,一脸严肃地跟刘齐讲法条。刘齐更为害怕,连退了几步。阚慧霞说道:"不说法条,咱们只讲道理。这份'现勘'里面只如实描述了你们公司的现实情况,以及咱们之前的对话,并没有给你们公司定性。你没必要紧张。举个例子,你是一名司机,你的车和别人的车发生了剐蹭，交警过来勘察了事故现场，让你签字，你作为公民是不是有义务签字呢？"

刘齐听完后似乎被阚慧霞说动，他接过那份"现勘"逐字逐句认真看过后，终于落笔签了字。

阚慧霞回到局里后，对林青峰道："这实际就是一起普通的传销案，跟所谓的区块链无关。你们先用个人身份注册下这个平台，摸清他们的会员规模和奖励机制，准备立案调查。"

"石湾"网络平台从事传销一事很快立了案。这起案件涉及的人员数量极大，且地域跨度极大，牵扯了多个省市。阚慧霞事先让队里的同事以个人身份注册了石湾，发现平台的奖金制度设计极其复杂，且资金支付流转手段十分多样。

阚慧霞坐在办公室里托着腮，感到有些头痛。林青峰则直接抱怨了起来："要取证的东西太多了，而且千头万绪的，都不知道该从哪儿下手。"

阚慧霞忽然抬起头，说道："钱、人。"

"什么？"

"但凡传销，离不开两样东西，人员构成和资金流转。咱们先重点追踪他们的资金流向，形成证据链后第一时间向法院申请冻结保全，掐住他们的命门。"

阚慧霞说着，手一攥："然后就是人，调取他们的会员资料，配合咱们查到的资金流向来查，让取得的证据相互印证，也避免咱们像没头苍蝇似的乱跑。"

阚慧霞又道："这是个大案，最近同事们恐怕要多加加班，辛苦一下了。"

林青峰点点头道："嗯，这帮传销的可真坑人！"

林青峰起身离开，阚慧霞望着他的背影，心中不免升起了一丝同情。林青峰原本是市局最有前途的干部，要是按照他当初的发展趋势，他现在早该是市局的副局长了。可惜传销将他原本一马平川的前程，碾压得崎岖不堪。

# 三

林青峰当初在市局消保处工作，刚来市局不到两年的他已是消保处副处长的热门人选，领导找他多次谈话，同事们也都对他颇为认可。

林青峰前程似锦，情场也很是得意。他很早就结了婚，是与自己高中同班女同学。两人青梅竹马，中学相识、大学相恋，毕业后就结婚，两人的相爱经历几乎可以与偶像剧媲美。然而他们的"偶像剧"最终没有大团圆结局，林青峰的妻子郭颖结婚没多久就迷上了传销。她倾尽了全部家产不说，林青峰一劝她，她便与林青峰大吵大闹。

阚慧霞至今还记得当初郭颖牵扯到的传销案，那是她工作以来经办的第一桩案件。十年前，阚慧霞大学毕业，被分配到基层市管所工作，只不过，那时候市管局还叫工商局，市管所也叫工商所。有一天，阚慧霞接到一桩举报，举报清门市久德生物科技有限公司通过售卖杂粮粉从事传销，并非法殴打、拘禁会员。

接到举报的阚慧霞立刻前往现场进行检查。那个年代互联网还不发达，传销集团发展会员主要在线下进行。阚慧霞通过现场收缴的传单、会员卡和宣传册等资料，了解到了他们是通过会员制度销售"一吃健"方便杂粮粉产品。

正当阚慧霞思考如何进一步收集证据时，事有凑巧，一天阚慧霞去市局培训，出门时正好见到一位年轻女子拎着印有"一吃健"字样的纸袋在市局附近转悠。阚慧霞陡然间心生一计，装作无意凑上前去，问道："哎，这位姐姐，你拎的这个杂粮粉我听说过，据说不错，你是卖这个的吗？"

阚慧霞当天没穿制服，那女子也没有太多戒心，便道："是啊，你想买？"

"哦，那这个怎么卖啊？肯定特别贵吧？"

那女子见她询价，登时来了兴致："贵吗？看你跟谁比了。一分钱一分货，东西好自然贵。奔驰宝马贵不贵？大家都抢着买。我们卖食品卖的就是一个健康，谁也不能拿自己的身体开玩笑啊。"

阚慧霞道："那这个，到底多少钱一袋啊？"

"我们有 98 元、330 元和 660 元三种价位。"

阚慧霞装出很惊讶的样子说："98 元？一袋粮食？我一月工资才不到两千元。"

那女子笑了笑道："这位妹子，你别急，购买咱们这个产品，不光自己能吃，还能赚钱呢。"

"买东西还能赚钱？"

"那当然了。"女子滔滔不绝地给阚慧霞讲起了他们的会员制度和奖励模式。

那女子说道："成为我们的会员，必须购买久德公司 98 元、330 元或 660 元的'一吃健'方便杂粮粉产品，分别成为相应的普卡、银卡、金卡级别会员，并在会员业务系统注册。成为会员后才获得发展他人加入的资格。奖金则有四项。这个奖金制度是必须每月消费 98 元，就能有终生富豪奖。"

阚慧霞问道："那怎么才能得到这个奖金呀？"

"当然是发展会员啦。发展会员没有人数限制，但每个会员的一级下线只能有两个人，两个人发展到四个人，四个人发展到八个人，以此类推。"

久德公司的会员制度和奖励制度令其传销事实确认无疑。阚慧霞假意表示自己想成为久德会员，她留了女子的联系方式，并且向其索要了相关纸质资料。

收集好证据的阚慧霞立刻向上级汇报，申请立案。阚慧霞所在城中区分局对此案十分重视，责成分局经检科查办。阚慧霞也被借调到了经检科，一同查办此案。

经过三个月的不懈努力，案子终于办结。阚慧霞将案卷归档。她盯着那份案卷，心中充满了成就感与自豪感。

此案在当时的清门市属于重大案件，由工商局和公安局同时立案侦查，阚慧霞她们结案以后，公安机关对涉嫌犯罪人员的刑事侦查工作仍在进行。

结案之后，阚慧霞才知道，自己在市局附近碰见的那个女子，是市局消保处林青峰的爱人郭颖。阚慧霞当时并不认识林青峰，可毕竟是一个系统的同事，虽说阚慧霞当时并不知道郭颖的身份，可她心中还是觉得有些难过。

郭颖牵扯进了久德传销一案，这事很快在市局上下传开了。经过单位调查澄清，林青峰和传销案并没有牵连，因此没有影响到他什么。

林青峰和郭颖的婚姻走到了尽头，尽管如此，他离婚时仍然尽量照顾郭颖。

阚慧霞因为办案能力出色，被调至区局，又被调至市局，最终一路升至了市局执法大队队长。

林青峰因为深恨传销，主动和领导要求调到执法大队工作。他办起案来雷厉风行，不放过一丝线索，终于再次受到了领导的肯定，被任命为执法大队副队长。阚慧霞初时与他共事还有些尴尬，时间久了，见林青峰并没有记恨自己的意思，方才恢复正常。

## 四

阚慧霞刚到单位，林青峰就来找她汇报，"石湾"的案子有了重大进展，通过调查石湾网络平台的资金流向发现，当事人以公司账户和多个个人银行账户、支付宝账户、财付通账户混同收取和转移平台会员资金。为防止当事人藏匿和转移违法资金，根据《禁止传销条例》第十四条第八项的规定，办案机关及时依法申请人民法院对上述涉案银行账户、支付宝账户等及违法资金予以保全冻结。

林青峰说道："这起案件牵扯的绝大多数人员都在城中区，需要他们的配合。"

阚慧霞点点头道："我知道了，回头我叫小谢去跟他们沟通协调。你这段时间也辛苦了，天天加班，今天早点回去休息吧。"

林青峰笑了笑道："嗨，我一个人吃饱全家不饿，回家待着也是无聊。对了，这案子还有几点问题要跟你汇报。"

"你说。"阚慧霞翻开了笔记本，开始认真地做记录。

"石湾投资管理咨询有限公司在互联网上设立的这个石湾网络平台，是以注册成为公司会员可分享公司高额回报并获得原始股权为幌子，通过该平台的'会员管理系统'吸收公众缴纳费用注册会员，会员注册后取得发展他人加入的资格，继续发展他人并获得相应的利益。"

　　林青峰接着说，"参与人员通过该'会员管理系统'缴纳费用注册成为会员后，继续发展他人缴费加入，形成金字塔型结构。石湾网络平台按会员所交纳的费用额度分为VIP会员、白金级会员、钻石级会员。为鼓励会员发展他人加入，平台设置了产品奖、积分奖等共十二项奖励制度，并以此根据会员发展的下线人数和业绩发放奖金。"

　　阚慧霞说道："当事人从事传销活动几乎都是在互联网上，所以咱们要特别注意电子证据的获取和留存。"林青峰点点头道："他们的会员人数、层级系谱、平台资金的收取及系统奖金设置和发放的证据我们都是通过对网站、App和微信页面截图进行获取的。"

　　阚慧霞点点头道："赶紧把证据送到司法鉴定中心进行鉴定，再委托公证机关进行公证，确保证据合法。"

　　林青峰道："对了，还有他们的那个老总，叫什么张顺。我去看守所找他谈过几次，那人简直就是一个小混混，说话着三不着两。"

　　阚慧霞笑道："估计是心虚了，才跟你这儿胡说八道。"

　　林青峰摇摇头道："不是。传销案我这辈子没办过上百，也有好几十了，能把传销做这么大的人，没有傻子。但我总觉得这人智商有点问题。自己都算不清账，怎么能骗得到别人兜里的钱？"

"是吗？"

"嗯，所以我觉得，他背后没准还有人。"

"哦？先把这个案子办完，之后看顺藤摸瓜还能不能牵出什么新线索来。"

为了尽早办结"石湾"一案，阚慧霞连续在单位加了一个月的班。她亲自前去看守所约谈张顺，聊了几句之后，她忽然感觉张顺的口音有些耳熟。她低头看了眼张顺的身份证号，问道："你是无名县的？"

"嗯。"

阚慧霞没再说话，张顺却忽然反应过来了什么，激动道："这位领导也是咱无名县的？那咱俩还是老乡，说不定小时候还认识哩。我们真没犯法，就是做点小生意，现在都讲创新，年轻要创业嘛，互联网是个好平台。看在咱是老乡的分上，您能不能跟警察同志说说，把我给放了？"

阚慧霞心中暗暗好笑，这个张顺果然如林青峰所言，说话不着四六。她冷冷地道："我从小在城中区长大，没到过无名县。"张顺闻言，立刻如被当头浇了一盆冷水一般，蔫了下来。

# 五

其实阚慧霞没有说实话，她去过无名县，而且还不止一次，只不过，那段经历，她并不想再回忆。

阚慧霞之所以觉得张顺的口音耳熟，是因为阚慧霞曾经的男友储海波也是无名县人。

阚慧霞跟储海波第一次见面是在新生入学报到时，储海波比阚慧霞大一届，是作为学长迎接新入学的学弟学妹。大学新生入学都喜欢找老乡抱团取暖，那天也是凑巧，储海波见阚慧霞一个人来学校报到，手里提着大包小包的行李，就主动过去帮她拉行李。两人一张口，彼此辨认出了乡音，由此便熟悉起来。

阚慧霞是经济系的，储海波是物理系的，两人在课程上没什么交集。但两人都喜欢打台球，尤其是储海波，球技过人，经常惹得台球厅一众美女尖叫。台球厅的氛围本就暧昧，再加上两人都是独自一人在外地上大学，一来二去两人便从朋友变成了知己，又从知己变成了恋人。

其实储海波压根就没有正儿八经地跟阚慧霞表白。那天在台球厅，储海波以一记高难度侧旋球再次赢得了在场女生的欢呼，储海波一回身，伸手搂住了阚慧霞的肩，相当于当众"宣示主权"。而阚慧霞心中早就对储海波有好感，也就半推半就。那天晚上，两人头一次牵手走出台球厅。月色很美，学校的小路上三三两两地走着几对情侣，阚慧霞任由储海波牵着手，即便手心已经湿透，也不敢移动一丝一毫。

这之后，两人便开始出双入对。储海波学习很是刻苦，在系里名列前茅。阚慧霞知道，他一直在争取保研资格。储海波自己努力的同时也不忘督促阚慧霞。阚慧霞学习稍微一偷懒，储海波就会很严厉地警告她："你不是想考公务员吗？你知不知道有多少人考了好多年都没考上？你这么懒散，我看你十年都考不上。"

那个时候的阚慧霞觉得自己很幸福，比起周围那些整天被男友甜言蜜语包围着的女生来说，储海波对阚慧霞的督促让阚慧霞充满了奋斗的动力。阚慧霞一直是个有梦想的女性，她一直坚持为梦想而奋斗，从未懈怠。与慵懒的生活比起来，她认为这样的人生才算是没有白活。只不过，她的梦想随着年龄增长一直在变化，从过去的考公务员，变成现在的打击传销。在她心中，有一个更伟大的梦想，那就是唯愿天下无传销。

　　储海波终于如愿以偿地取得了保研资格。那年暑假，两人恋爱已近三年，储海波心情大好，决定带阚慧霞回家见父母。两人回到市里后又转乘长途车，颠簸了将近四个小时才来到了无名县县城。

　　从长途车站下车后，储海波领着阚慧霞沿着县城的马路走了将近一公里，来到了一家摩托车行。阚慧霞一路看马路上不断有大型卡车飞驰而过，扬起一阵阵沙尘，卡车司机遇见行人和其他车辆也不避让，而路上的行人也都对此安之若素，甚至还有牵着小孩子在马路边缓步慢行的。阚慧霞见状不由得暗暗心惊。阚慧霞从小在市区长大，虽说过去市里的交通也算不上十分发达，但起码道路较这里宽阔许多，行人和车辆也相对守秩序，更没有那么多大货车经过。

　　进到摩托车店，储海波用家乡话跟一个老板模样的人打过招呼，说了几句话。县里口音较重，有些词阚慧霞也听不大懂。那人点点头，扔给了储海波一把钥匙，又向门外一指。储海波谢过了老板，便领着阚慧霞来到门外，找到老板之前指的那辆摩托车，用钥匙启动后，对阚慧霞说道："上车吧。"

　　阚慧霞一脸错愕地迈上了摩托车的后座，问道："骑摩托车不得戴头盔吗？"谁料储海波说道："我的车技你还不信任？"事实上阚慧霞压根没见过储海波开摩托车。可惜此时储海波已经开动了摩托，风驰电掣间，阚慧霞的话语早已湮没在往来车辆嘈杂的响声中。

阚慧霞心惊肉跳了半个多小时，车子终于拐进了一处狭窄的小巷道，看样子应该是进了储海波家的村子，车子颠簸得更厉害了，阚慧霞看到大小不一的农家院落从自己的眼前掠过。那些房舍有的相对高大些，高高的门楼。有的则显得有些寒酸，泥土砌的院墙缝隙中还不时露出些稻草。

一个急刹车，阚慧霞几乎要从后座翻下去，却见储海波笑着对她说："到了。"阚慧霞抬腿从车上下来，一抬眼，见到眼前一座土黄色的院落，与之前看见的诸多泥土院墙一般无二。阚慧霞这才知道，储海波的家庭条件在村中并不是很好。

储海波推开沾满了灰尘的木门，门上的春联早已褪色，下摆的纸条随风摇摆。随着"嘎吱"一声响，储海波向门里喊道："爸、妈，我回来啦。"

一位中年妇人推开房门走了出来，面上堆满了笑意与皱纹："呦，回来啦。"她先接过了储海波手里的大包，又接过了阚慧霞手中的书包。储海波指着阚慧霞介绍道："这是我之前跟你们说过的，小霞，阚慧霞。"又对阚慧霞道："这是我妈。"

阚慧霞赶忙礼貌地对那妇人道："阿姨好。"储母李国华引着二人走进了屋子。阚慧霞之前站在院子里打量，院中唯有一间正房和一间厢房，房屋都不大，院东侧被一面土墙围着，阚慧霞猜想，那应该是茅房。

一名满脸褶皱与胡茬，面孔黝黑的中年男子正在屋中坐着，看样子应该是储海波的父亲。他见到阚慧霞也没有说话，只是点了点头，继续抽自己手中的烟。李国华说道："你们先坐着，我去给你们倒杯水，饭一会儿就得。"

阚慧霞坐下后，储父储洪这才有一搭没一搭地跟阚慧霞聊着："你们两个是同学？""嗯。""你家是哪里的？""我家住在城中区。""哦。"话聊了几句就说完了，好在李国华很快叫吃饭了，这才没有冷场。

阚慧霞见状，赶忙起身道："阿姨，我帮您吧。"李国华推让了几句，但阚慧霞依旧跟着她进了隔壁的厨房。厨房正中是一个巨大的土灶，阚慧霞从小在市区长大，只在电视里见过这种土灶，因此不免有些好奇。

李国华却并没注意到她的好奇，只将一搪瓷大碗馒头递给了她，自己则端着两只盛满了菜的大碗和阚慧霞一同走回。阚慧霞坐在桌边盯着那两碗菜肴，兴许是屋中光线昏暗的缘故，阚慧霞只能看到两碗黑乎乎的东西，分辨不清那究竟是什么蔬菜。

阚慧霞夹了一筷子不知名的蔬菜放入口中，只感到了一味口感，那就是咸。阚慧霞赶紧咬了几口馒头。再尝另外一碗，也是如此。阚慧霞心想，这菜做得可真下饭。

阚慧霞吃了一整个馒头和两筷子蔬菜后，肚中忽然翻江倒海起来，阚慧霞不好意思地扯了扯储海波的袖子，低声道："那个……我想……上厕所。""哦。"储海波放下了筷子，"我带你去。"

储海波带阚慧霞走出了屋，他用手一指院东侧那面凸出来的土墙："就在那里，你去吧。"

后面的经过，也不用说了，总之阚慧霞对储海波的心情有了更多的理解。

那之后，阚慧霞还去过两次储海波家，只不过都是替储海波给家中捎东西，稍坐便离开。储海波拿到保研资格后便一直留在学校读研，而阚慧霞则考上了家乡的公务员。阚慧霞和储海波曾经维持过一段异地恋的生活。阚慧霞工作以后，知道储海波的研究生补助很低，便明里暗里贴补他。阚慧霞后来两次去储海波家，其中一次带去的东西便是阚慧霞出钱买的。

但储海波却并不以为意，还认为是理所当然。他时常和阚慧霞说，自己研究生的专业是自动化，这个专业毕了业后年薪几十万起步，阚慧霞现在所做的一切不过是对他的投资。阚慧霞听完这话心里自然很不舒服。

她觉得储海波变了。之前的储海波在学校各方面表现得都很优秀，人还很朴实。上了研究生可能见的人和事不一样了，阚慧霞这么想。

终于有一次，储海波打电话管阚慧霞要十万元钱，这对于刚工作的阚慧霞来说是一笔拿不出的巨款。当阚慧霞问这笔钱的用途时，储海波如此解释："我姐姐要买房，还差十万。你虽说钱不够，但你爸妈都有工资，还拿不出来吗？"

阚慧霞感觉一股热血直冲头顶，但她依旧没有对储海波发怒，只说道："那是我爸妈的钱，他们还要留着养老。""他们将来都有退休金，留啥钱啊？好好好，那十万没有，五万可以吧？"

阚慧霞沉默着。电话那头的储海波又道："就当是借，行吗？再不行，这笔钱就当成是你的嫁妆！"

阚慧霞依旧沉默。储海波忽然歇斯底里起来："怎么一提钱你就这样，咱俩的感情还及不上这五万块钱吗？好、好，我就知道，嫌我家穷。"

阚慧霞终于说话了："我没有钱，咱俩也不会结婚了。咱俩的感情究竟值多少钱我不知道，我只知道，咱俩的感情到此为止了。从今天起，你和我，没有任何关系了。"

# 六

也许世界上真的有心灵感应这回事。阚慧霞刚办完"石湾"的案子，就接到了一个陌生号码的电话："喂，小霞，是我呀，我是海波。"阚慧霞一愣："储……海波？""嗯，你最近怎么样？"

储海波的语气随意得就像两人是时常见面的好友一样。事实上阚慧霞跟储海波分手已经将近八年，这期间两人没有任何联系。阚慧霞只是从同学口中听说，储海波硕士毕业以后留在了大学所在的城市继续读博，还找了个当地的女孩结婚。

阚慧霞觉得很惊讶，她不知道储海波是怎么知道自己现在的手机号的，但她也没兴趣问，只是淡淡地道：

"你……有什么事吗？""嗨，也没什么事，这不，前阵子我回了趟老家，突然想起你来了，想起你当初第一次来我家时的情形……"

阚慧霞显然没心情跟他叙旧："你打电话来就想跟我说这个？""啊，不是，我想问你最近忙吗？什么时候有空，我想请你出来吃个饭。"

"请我吃饭？你有什么事吗？""啊，也没什么事。这不是当初咱俩……嗨，也是我当时太冲动，一直想找个机会跟你说声对不起。我最近正巧在咱们市里出差，就想着能不能见你一面。"

阚慧霞一直信奉"无事献殷勤就有问题"的理论，她面无表情地道："心意我领了，吃饭就不必了，我最近挺忙的。"

"呦，忙啥呢？"

"还能忙啥，办案子呗。"

"还是传销案？"

"嗯？你怎么知道？"

"哈哈，新闻里老说呀。最近咱们市又出了什么大案啦？"

"嗯，案子都结了。你要没什么事的话，我就先挂了，我这儿还有点事。"阚慧霞不愿跟他多谈，敷衍着挂了电话。

要说储海波的来电一点儿没在阙慧霞的心中掀起波澜，那是不可能的。毕竟五六年的感情，又是初恋，阙慧霞不可能全然忘怀。而储海波的话，也让她在心中有些疑问。

储海波没见过阙慧霞的父母，倒是见过她妹妹阙慧飞几次。因此，接了储海波电话的阙慧霞无人倾诉，便找到了阙慧飞。

阙慧霞对阙慧飞道："我今天接到了一个电话，是储海波打来的。"

"谁？！储海波？他怎么想起给你打电话来啦？旧情复燃啦？"

"你就别胡说八道了。我也不知道他为什么忽然给我打电话。还说要约我出去吃饭，被我拒绝了。"

"拒绝得对，姐，你可不能再上他的当了。姐，你可得擦亮双眼，不能被这种男人骗了！"

# 七

阙慧霞在办公室里翻阅着近期的案卷，林青峰走了进来："阚队，我们最近又接到一桩传销的投诉，也是网络传销，跟石湾的案子还有些像。"阚慧霞便翻阅着林青峰递过来的材料，点点头道："现在信息技术这么发达，传销的行为自然转移到网络上去了。这些我看一下，如果没问题的话，就准备立案。"

阚慧霞正说着，忽然看到小谢站在门口探头探脑，阚慧霞问道："有什么事吗？"小谢语气怪异地说："那个……林队，有人找您。"林青峰皱皱眉道："什么人？我这儿正跟阚队说事呢，你让他先在办公室等会儿我。"

小谢继续语气诡异地说道："是，我是让她在您办公室等了，只是我觉得应该提前跟您说下。"林青峰越发不悦："小谢，这上班呢，你能不能正经点，别老鬼鬼祟祟的。到底是什么人啊？"

小谢面色尴尬地道："那个……是城中区分局的刘梦溪。"这下连阚慧霞都有些尴尬，她说道："哦，你有事就先去忙吧。小谢，你准备下这个案子的立案审批表。"这个刘梦溪是林青峰的前女友，对林青峰是旧情难忘，且一直未婚，但林青峰尽管已经离婚，对刘梦溪却仍然是回避的态度，这件事阚慧霞听说过。

当然，最尴尬的还是林青峰，他勉强微笑着冲阚慧霞点了点头，就逃离了阚慧霞的办公室。

　　林青峰一回到自己的办公室，刘梦溪立刻站起身来，林青峰赶忙道："你坐你坐。"他今天突然发觉刘梦溪还是他原来印象中的模样，一点没变。林青峰还没开口，刘梦溪就主动道："本来科里是派张伟过来的，可他今天忽然病了，我就替他过来了。这是我们找到的三名受害人提供的书证和物证。"

　　刘梦溪边说边将手中的材料递给林青峰。林青峰边翻看边道："不错呀，你们辛苦了。你说这传销集团也真有意思，叫什么名字不好，叫什么杰克船长黑珍珠网。"刘梦溪微笑道："估计这个传销集团的头目是《加勒比海盗》的忠实粉丝。"

　　"哈哈，有可能。"林青峰这一笑，气氛顿时有所缓和。刘梦溪忽然开口道："上次那个石湾的案子，因为受害人集中在我们区，所以你们借调了张伟过来帮忙。这次你们是不是还需要人啊？"

　　林青峰点点头道："嗯，有可能，他们的注册地在城中区，受害人也都集中在这里，这次恐怕还要麻烦你们。"刘梦溪道："那……我能来吗？""这……"林青峰愣住了。

　　刘梦溪却道："怎么？不信任我的办案能力？"

"啊，不是、不是。从目前的情况来看，这个船长的案子又是个大案。上回石湾的案子我们忙得没日没夜，别说睡觉了，有时候连饭都没时间吃，实在是太辛苦，不适合女同志。"

刘梦溪微微一笑，语带讥刺地道："林队长，你这话可有点性别歧视的意思啊。咱们局从来没有哪条规定写着不允许女同志办案啊，再说，你们阚队长不也是女同志吗？"

林青峰脸上登时挂不住了，说道："对不起啊小刘，我不是那个意思。我……我……"林青峰一时间有些语塞。

刘梦溪依旧微笑着道："林队长，你为什么总躲着我呢？"林青峰被她这一问问得哑口无言，他甚至不敢抬头看她，假装低头翻看着材料，半晌才道："我……我没有，我是……我都是为了工作。你挺好的，业务能力也强……"

林青峰语无伦次地说着，他自己也不知道自己在说什么。刘梦溪却道："之前的事情都过去这么久了，局里早就调查清楚了，我们并没有做任何违背道德的事。既然我们行得正坐得端，你又为何总要躲着我呢？"

林青峰停下了翻材料的手，低头默然不语。

刘梦溪不由得"扑哧"一声笑了出来："林队长，我现在主动提出申请，如果你们需要借调人员过来办案，请优先考虑我。"

话已经说到这份上了，林青峰只得道："我知道了，你的申请，我会跟领导反映的。"

林青峰从办公室里出来的时候，正碰见阚慧霞换了便装往外走："阚队，下班啦。"阚慧霞道："嗯，今儿是我爸的生日，我得先去给他老人家买点东西。""那您赶紧走吧，别误了老爷子的寿宴。"

翌日一早，林青峰来找阚慧霞，问道："你家老爷子昨天特高兴吧？生日过得不错？"

"嗯，可不是吗，我跟我妹都回去了，陪他们二老聊了一晚上。"

"二老身体都不错？"

"嗯，棒着呢。"

"那可真不错，那也是你们姐俩的福气。"

"嗯，那可不。"

阚慧霞见他有一搭无一搭地跟自己拉着家常，知道他心中有事，便直接问道："老林，你来找我是有什么事吧？"

"嗯，是，咱们现在这个'船长'的案子，还需要城中区分局配合，我想从他们那借调个人过来。"

"哦，行呀，调谁过来？"

"那个……刘梦溪。"

阚慧霞闻言一愣，林青峰的一反常态让她有些吃惊，但她又不好此时出言询问，只说道："哦，好。对了，咱们现在去看看那个'船长'的网站。"

阚慧霞和同事们一起登录"杰克船长黑珍珠网"的网站查看，发现"杰克船长黑珍珠网"介绍了"黑珍珠网"的投资理财、营销模式及制度等，以销售所谓的黑珍珠航海电子股为名吸引会员加入。

阚慧霞说道："我记得'石湾'那个案子，这个'船长'跟'石湾'的模式还真有点像。"

小谢接口道："可不是吗，他们利用黑珍珠网会员登录系统发展会员，以发展下线的销售业绩作为报酬和返利的依据，设置了直推奖、领导奖等计算方式。连奖励的名字都和石湾类似。"

林青峰又道："唯一不同的是，'石湾'的主要嫌疑人张顺已经被公安机关批捕，但'船长'的注册地址在海外，要找到他们的实际控制人，恐怕不是一件容易的事。"

阚慧霞皱皱眉。林青峰接着道："不过这次的案子跟上次还有一个重要的不同。'石湾'的案子发展下线的模式是分 AB 区的。这次这个'船长'第一级下线都在咱们市里，而后这些人又去远郊发展下线，也就是说，最核心的人员都在咱们本地，而底层受害者则全部在郊区，且他们分别都被某个上线牢牢控制着。这很不利于咱们取证。现在'船长'的这帮头目们警惕性也高了，对于受害人控制得更严了。"

阚慧霞心中一动："你说目前咱们掌握到的，和船长有关的人，都在咱们市里？"

"对。"

阚慧霞沉吟道："一个海外的传销集团，'千辛万苦'来到咱们这里，却只在咱们清门发展下线，这是不是有些奇怪？"

"你的意思是，也许这个'船长'的幕后主使，就是咱们清门人？"

"目前只是推断，没有确凿的证据，不好下断言。咱们现阶段还是先抓紧取证。"

小谢在一旁叹了一口气道："我看过那三个受害人的资料，其中一个是农村妇女，她跟她丈夫到城里打工，辛辛苦苦挣了半辈子的钱都投进去了。另外一个是在校大学生，被'船长'编造的创业梦骗了进去，不仅赔光了家里给的学费、生活费，还把同学的钱都借了个遍。还有一个是家庭主妇，丈夫家里经济条件还不错，可这一下……她彻底被夫家扫地出门了。"

林青峰恨恨地道："太害人了，真的是太害人了！不仅害了个人，还害了一个个家庭。"阚慧霞点点头道："对，所以我们目前掌握的证据还远远不够，这次我亲自带队，咱们分头去有受害人分布的各个郊区县，把这些受害人一一找到，至少要找到三十个。"

小谢问道："阚队，为什么一定要三十个？"阚慧霞没说话，只是默默地看了林青峰一眼，林青峰微笑着点了点头。

## 八

阚慧霞正在和队里同事交代自己出差时的工作安排："我不在的这段时间，队里的工作由林队主持。"阚慧霞忽然听到有人敲门，转身一看，是刘梦溪。

阚慧霞赶忙道:"梦溪,你来了,快进来坐。我要去外地出差,这期间由林队主持工作。"刘梦溪点了点头,抬眼看了林青峰一眼,恰巧林青峰也望向她,两人眼神一碰,随即各自躲开。

阚慧霞和小谢走访了几位受害者,得到的答案都十分令人失望。林青峰在电话里对阚慧霞说:"上回给咱们提供证据的那三名受害人,现在也都反悔了。据说他们的上线跟他们说,谁给咱们作证,谁的本金就会被扣,所以现在没人敢出来作证。"

阚慧霞说道:"你尽快把这一情况向局领导汇报,争取申请法院冻结他们的资金。"林青峰向局领导汇报后,市局紧急成立了专案组,由市局领导担任专案组组长,阚慧霞为副组长,主持案件查办工作。

阚慧霞带着小谢来到了江北县一名受害人的家中,阚慧霞向受害人张老汉说明来意后,张老汉震惊得无以复加:"'船长'被查了,这怎么可能? 不可能、不可能。"张老汉忽然又道:"不过他们都好久没给我返钱了,我还正想问他们,这答应每月给钱的,咋就不给了?"

小谢说道:"他们是传销,是骗您钱的。您盯着每月返您的利润,人家盯的是您的本金。"张老汉道:"啊,那我的本钱不会损失吧？"阚慧霞道："您放心，我们已经向法院申请冻结他们的资金。只要您肯出来作证，将传销集团绳之以法，您的本钱自然会归还给您。"

张老汉问道："绳之以法，你说这个公司的人都会被抓起来？"阚慧霞道："他们的传销行为已经涉嫌触犯了刑法，除了我们，公安机关也会对他们进行追查。"张老汉忽然想到了什么，似触电一般，使劲摇了摇头道："不行，不行！我不作证！我什么也不知道。"

小谢和阚慧霞尴尬地站在原地，进也不是，退也不是。张老汉一屁股坐在自家沙发上，点了根烟，一手抽着烟，一手用力搓着核桃。

张老汉手中的核桃"咯吱"地响着，听得人心中一阵阵烦躁。张老汉摆摆手道："我啥也不知道，你们走吧，赶紧走。"

小谢扯了一把阚慧霞，阚慧霞只得尴尬地冲张老汉笑笑："行，那我们先回去。等您想到了什么，再来联系我们。"阚慧霞从包里掏出了自己的名片，轻轻放在茶几的一角，而后和小谢一起快速离开张老汉家。

一出门，小谢就道："这老头简直蛮不讲理，而且头脑发昏。放着自己的本钱不要，都不肯出来作证，这不是蠢到家了吗？"

阚慧霞说道："这件事的确不符合常理，要说之前，那些人不肯为咱们作证是担心自己的本钱，可是这次咱们已经跟他说得很清楚了，他还是不肯。我觉得这其中一定有什么隐情。"

小谢道："我估计他是一时转不过弯来，要不等他几天，没准他就主动联系您了。"

阚慧霞道："你说我为什么一提公安他就忽然变脸了呢？"小谢说道："他会不会担心公安也把他抓进去？"阚慧霞沉思道："也许没那么简单。可我现在也想不出这其中的关联。不过可以肯定的是，这个张老汉肯定是个关键人物，他在'船长'投资的金额很高，而且，我总觉得他还知道什么内情。"

小谢说道："可他什么也不肯说呀。"阚慧霞道："想想办法，我们总能让他开口。"阚慧霞正说着，忽见街对面有间文玩店，她灵机一动，对小谢道："走。""去哪儿？""去逛逛小店。"小谢心中疑惑，却没开口质疑，只得跟着阚慧霞走进了那间文玩店。

小谢见阚慧霞低着头挑核桃，便问道："给您家老爷子挑对核桃啊？"

"嗯。"阚慧霞头也不抬地应道。

阚慧霞挑好核桃后让店家包好,装进了自己包里。阚慧霞和小谢一路往宾馆走去,夏日的微风吹动街边的柳树轻摇。她忽然想起多年前,她与储海波在街边轧马路,正巧遇见一个小孩在路边玩玩具飞机,那孩子一使力,玩具飞机"嗖"地飞上了天,却被柳树的枝条挂住了。

那孩子急得大哭起来,身边的母亲个子矮小,也够不到玩具飞机。储海波生得高挑瘦削,阚慧霞赶忙对他道:"要不你去帮这个小朋友把玩具够下来。"储海波抬眼望了望树枝,摇头道:"不行、不行,我够不着。"他见阚慧霞还愣在原地,赶忙道:"咱们赶紧走吧。"

"不行、不行……""赶紧走吧。"阚慧霞脑中灵光一闪,张老汉说这两句话的口音,和储海波一模一样。

阚慧霞和小谢找到张老汉家所在的社区工作站,一名二十多岁的女社工接待了他们。"张大爷呀,对,他不是本地人,原先好像是无名县的吧。但是他住在我们这儿已经好多年了,二十多年将近三十年了,打我小的时候他就住这儿。我是本地人,从小在这儿长大。"女社工笑着道。

阚慧霞问道:"他家经济条件怎么样?"

"挺好的吧。他爱人是我们这儿的,他为了爱人来的我们县，他在这边做技术工，干得不错。他和他爱人收入也都不错，这不，还在咱们县城里买了商品房，只不过……"

"只不过什么？"

"只不过他的儿子实在是不怎么争气。上大学的时候就说要自己创业，赔了家里好多钱。现在毕业在家，一直没工作。张大爷老是为这事发愁，到处给他想办法。"

"哦，那后来他儿子找到工作了吗？"

"听说张大爷好像买了什么公司的原始股，让他儿子也在里头一块创业去了。"

阚慧霞心中了然。她谢过女社工，重登张老汉的家门。张老汉一开门就皱眉道："你们怎么又来了？不是跟你们说了吗？我什么也不知道。"

阚慧霞赔笑道："您误会了。我们出来这一趟，一个肯出来作证的人也没找到，没法子，只能准备回去了。这不是那天出门凑巧碰见了一家文玩店，我说我这出来一趟，也该给我老爹买点东西。他正好喜欢核桃，我就进去挑了一对。可我对这些实在是不懂行，这身边又没个能请教的人。我突然想起您喜欢核桃，想让您这专家帮我看看。"

阚慧霞一番恭维说得张老汉心中十分顺气，加上阚慧霞张口说的是私事，不涉及案子，他也不想让政府工作人员太过难堪，便缓和了口气，说道："嗨，什么专家不专家的，我也是交了不少学费。嗯，不过帮你看看倒没问题，至少不让你吃亏上当。"

阚慧霞笑着从包里掏出了那对核桃。张老汉打开盒子，端详了半天，"啧啧"道："我说你这姑娘是真不懂行啊。你这还挺贵的吧？""啊，对，店里人说这是上好的狮子头，要了我一千块，我跟他还了半天价，也没砍下来，就给了他一千。"

张老汉冷笑了一下，掏出一块布垫在手上，隔着布轻轻拨弄了几下，随后重重叹了几口气。阚慧霞赶忙道："大爷，我这核桃到底有什么问题啊？"

张老汉说道："也算不上什么问题，就是品相差了点。你看看这只，原本可能要漏脐儿，结果被封了底，而这只还磨过底。姑娘呀，你这回可成了冤大头喽。"

阚慧霞却自我解嘲式地笑笑："嗨，这也就是我当闺女的一个心意。我爸玩核桃就是瞎玩，他可没您专业。""嗨，什么专业不专业的，就是玩得多了。"

"您说得可太对了，我爸就是玩得少。您说他这退休了，就安心在家玩玩核桃多好。可他老是担心我们姐俩，这不，前一阵子还说要做什么投资，替我们俩挣嫁妆。您说说，他这不是瞎操心吗！"

阚慧霞的话似乎触动了张老汉的心事。张老汉脸上的笑容逐渐退去，他坐了下来，叹了口气道："哎，可怜天下父母心呐。不过你老爹有福气呀，你这闺女多争气啊，公务员，还是个领导，这一辈子吃穿不愁了。"

阚慧霞道："嗨，啥吃穿不愁呀。我们都是打工的，只不过公司员工是给老板打工，我们是给老百姓打工，人家创业的是给自己打工。"

阚慧霞一提"创业"二字，似乎触动了张老汉的什么心事，张老汉眉毛一皱，叹了口气道："哎，别提这创业了，害死个人。我家那个小子，上学的时候就嚷嚷着要创业，折腾了半天，钱扔了就没个响声。"

阚慧霞道："年轻人，还不成熟。等毕业了走进社会了，就好了。"张老汉摆摆手道："嗨，毕业了也好不到哪里去。老说要创业、创业，不愿意安安心心出去上班，说不能给别人打工。"

阚慧霞道："那说不定他真有创业的才能呢？有些人天生就适合创业。""有啥才能呀，就有赔钱的才能！前阵子非要买什么原始股，到现在都没见着回头钱呢。"

阚慧霞道："呦，这公司的原始股可不好买，一般人根本买不着。您儿子买了原始股，可就成了公司的元老啦。"

张老汉摆摆手道："啥元老不元老的。就是几个过去我的老乡鼓捣的。我寻思着当初都是街里街坊的，应该错不了，就让我家小子跟着他们去干了。"

阚慧霞眨眨眼道："大爷，您原先是无名县的吧？""呦，姑娘，你咋知道？""大爷，我家有亲戚在无名县。""是吗？""可不是嘛，大爷，说起来，咱还是老乡呢。"

"呦，那可真是巧了。"阚慧霞笑吟吟地道："大爷，您知道吗，最近咱老家，可出大事了。""出啥大事了？""前阵子，我们查了一个传销案，是一个叫'石湾'的网站，那个网站的负责人就是咱县里的人，叫张顺。如今他已经被公安逮捕了。"

"啥？小顺子被抓起来啦？""怎么，您认识他？""他、他是俺家远亲，虽说论起亲戚来可能远了点，但他跟俺是一个村的。"

张老汉忽然试探道："那小顺子被抓了，会被判刑不？""那就要看他的表现了，如果他配合公安机关，主动交代，自然会从轻处罚。"

阚慧霞又道："参与传销的人员分为很多种，有的是像张顺这种组织者，自然是要被依法制裁。但是很多参与传销的人员是被骗进传销组织的，他们也可以说是受害者，不会判刑。"

张老汉低下了头，不再说话。阚慧霞温言道："大爷，您说那个原始股，就是'船长网'吧？他们的头目是您的街坊？所以您不肯出来作证？"

张老汉沉默许久，方才叹道："哎，都是街里街坊的，干啥呀，我也不希望他们坐牢呀。"阚慧霞之前只是猜测，如今被证实了。她对张老汉道："他们如果没得到法律的制裁，就会有更多的受害者。我们之前接触过三个受害者，一个是农村妇女，她跟她丈夫到城里打工，辛辛苦苦挣了半辈子的钱都投进去了。另外一个是在校大学生，被'船长'编造的创业梦骗了进去，不仅赔光了家里给的学费、生活费，还把同学的钱都借了个遍。还有一个是家庭主妇，因为她把家里的钱都投给了'船长'，彻底被夫家扫地出门了。这些受害人无一不是被'船长'骗得家财散尽、生活尽毁。"

张老汉道："那东西，真是骗人的？"

"您把钱投进去那么久了，他们给您返了多少钱？"张老汉点了根烟，猛吸了一口道："刚开始，是给我们返了不少，反正比银行的利息高不少。不过最近……一直没给我们钱。"

"您惦记的是人家的利息，人家惦记的是您的本金！"小谢忽然插话道。张老汉看了他一眼，又吸了口烟，接着道："他们说，我们只要多给他们拉会员，就能多给我们返钱。我那小子把周围的同学、朋友都找了个遍，就连我过去那些老同事、老哥们儿，还有我们现在这些街坊，都挨个找了。有人乐意投钱，有人不乐意。后来他们又让那些投了钱的人帮着他们接着拉人。到最后，身边的人都没人乐意理我们了，也没人敢理我们，见了我们爷儿俩都跟见了瘟神一样。姑娘，我实话跟你说吧，今天咱俩能说这么多话，我真挺高兴的。这个月我除了跟老伴儿和儿子，跟外人说话都不超过十句。我出去买菜都故意多还价，就为了让人家多跟我聊几句。"

阚慧霞陡然心生同情，说道："大爷，您说您这是何苦呢？"

"哎，我也劝过我那小子，让他别再干了，可他说要是不干了，我们之前投进去的钱就要不回来了。"

阚慧霞道："我们打击传销，就是为了保护人民群众的财产不受侵害。做传销，越陷越深，结果会非常惨。"

"可……可那些人，都是我原来的老乡，我要是出来作证，把他们送进大牢，恐怕不太合适吧。"

阚慧霞道："进不进大牢，那需要法律的裁决。但是您现在如果不出来作证，不劝您儿子悬崖勒马，到时候您家损失的可就不仅是钱了。再者说，您的那些老乡把您家害得这么惨，说明他们早跟您没了老乡情，您又何必为了保全他们害了自己呢？"

张老汉边抽烟边低下头去，低声道："这……这样吧，你们明天再过来，我把他们当初给我发的那些个协议书啊、证书啊什么的都找出来，交给你们。"

阚慧霞道："那可真是太感谢您了。"

九

人逢喜事精神爽。阚慧霞从张老汉家出来时，感觉空气的味道都不一样了，四周弥漫着清爽的气息，一扫多日的阴霾。

谁想到乐极生悲，阚慧霞光顾着跟小谢交代明天来张老汉家取证的注意事项，没留意脚下，一个不留神，被绊了一下，一下子摔倒在地。

见阚慧霞摔倒，小谢也慌了神，后悔自己没能扶住阚慧霞，赶忙问道："您没事吧？"阚慧霞显然有事。她疼得五官都扭曲了。

小谢这下更慌了："那我送您去医院吧。"阚慧霞痛苦地点了点头。小谢赶忙叫了辆出租车，送阚慧霞去了当地的县医院。

挂了急诊，拍了 X 光片，阚慧霞被诊断为右脚踝骨裂，医生建议她休息四周。从急诊室出来后，小谢让阚慧霞先在楼道的座椅上坐着等自己，他去租轮椅。

小谢刚走没多久，阚慧霞就看到一人坐在轮椅上向自己滑来，居然是储海波！两人虽说已多年没见，但阚慧霞还是一眼就认出了他。储海波显然也认出了阚慧霞。他看了一眼阚慧霞，又低头看了看她的脚，不由得笑了出来："你说这世上的事真是无巧不成书啊，咱俩不仅在这儿他乡遇故知，还同病相怜。"

阚慧霞不愿与他开玩笑，只是问道："你的脚也摔了？"

储海波自嘲道："可不是，今儿出门没看皇历，一出来就摔了一跤。这都多少年没摔过这么重的跟头了。"

这里是远郊，储海波肯定不在当地工作，阚慧霞也觉得两人能在此相遇实在是太过巧合，便问道："你来这边出差？"

"嗯。哎，对了，你的脚怎么样了？"

"医生说是骨裂。"

"这俗话说得好，伤筋动骨一百天。这下你这可得好好休息休息了。赶紧回家吧，就别再想工作的事了。"

阚慧霞不愿与他多谈，便只礼貌性地笑了笑。正巧这时候急诊室里叫储海波的名字，储海波赶忙自己滑着轮椅进了急诊室。


出门在外，身上有伤的确很不方便，阚慧霞只得在酒店留守，只有小谢一人外出继续查访。阚慧霞一见小谢回来时的脸色，心中就"咯噔"一下。

"阚队，那老头忽然反悔了，不肯出来作证了。我好说歹说，他只给了我一部分材料，我看了下，能作为书证的不多。"

"哦？"

"而且他的态度变化特别大。昨天咱们去的时候，他还跟咱们拉家常，今天他一见到我，脸色都变了，那反应把我都吓了一跳。”

“是不是你对人家横眉立目啦？”

“没有，怎么可能呢？这么重要的证人，打死我也不会得罪他呀。我一进门，就用昨天您跟他聊天的语气跟他聊的，但他却完全不一样了，像是受到了什么惊吓一样。”

“惊吓？你没问他到底怎么了？”

“问了，他好像被谁威胁了，也不敢跟我多说。只说传销的事他不敢再参与了，但是他也不敢出来揭发他们，还让咱们放过他。”

“威胁……‘船长’的人过来威胁他了？”

“有可能。”

针对“船长”的举报电话时不时会打进来，每次都有新线索，但是这些线索真假参半，专案组不得不一一核实，因此加班到半夜是常事。

一天夜里十一点，阚慧霞对众人道：“今天就到这里吧，最近工作任务重，大家都注意休息，明天我给大家申请了一天倒休。”专案组众人欢呼着更衣回家。林青峰换了便装后，在楼门口追上了刘梦溪，说道：“你……直接回家？”“对呀。”“我能不能……请你吃个夜宵？”

刘梦溪笑了笑道："林队你这是……"林青峰道："我有些饿，正好街对面新开了家小店，听说挺有特色，我一直想去吃，就当是陪我，行吗？""那……好吧。"林青峰又道："对了，还有个事。你能不能别再叫我林队了？""那我叫你什么？""还……还像原来一样，行吗？"

刘梦溪微微笑了笑："行，不过在工作场合，我还是得叫你林队。"

两人边说边走到了街对面的小馆，饭馆虽说营业时间到夜里十二点，但是深夜时分，顾客已经不多了，除却林青峰和刘梦溪，另外还有两桌，共四个人，几乎听不到什么说话声音。

两人坐下来，点了几样清淡小菜。林青峰道："我一直想找时间跟你道歉。之前我一直故意躲着你，是我不对。"

刘梦溪依旧笑着道："那天在你办公室，咱们不是已经说开了吗？只要你以后把我当成普通同事对待就好了。"

不知为何，刘梦溪"普通同事"四个字，深深刺痛了林青峰。林青峰忽然道："我和郭颖离婚之后……"林青峰说到这里时，服务员正好过来上菜，两人只得尴尬地停住交谈。服务员走后，刘梦溪没有接口，林青峰也没勇气再继续刚才的话题。

　　刘梦溪为了打破沉默，问道："后来，你还有她的消息吗？"

　　"哦，我没直接联系过她，只是听她家亲戚说，她后来又嫁了人，还嫁得挺远。在当地生了孩子，做了全职太太。不管怎么说，希望她能好好过日子，别再沾传销那害人的东西了。"

　　刘梦溪点点头道："嗯，其实她也很可怜。"

　　"不说她了。参加这个案子，觉得工作累吗？"林青峰转换话题道。

　　"刚开始是有点不适应，不过现在好了，我还挺喜欢办案子的。"

　　林青峰道："嗯，你工作能力肯定没问题的。"

　　又是一阵无话，两人默默地吃着。林青峰没话找话道："你现在还看球吗？"

　　刘梦溪答道："看啊。"

　　"还看 CBA？"

　　"嗯。不光看 CBA，体育赛事我都喜欢。看球的时候，我就感觉周围的一切都与我无关了，放下了手头所有的烦恼，专注于赛场上运动员的拼搏。"

　　林青峰点点头道："真好，我这些年光忙工作了，很少再看球了，也就是偶尔在新闻上看看比赛结果。"

"其实我倒觉得，结果并不重要。比如 2018 年的世界杯，最受人尊敬是哪支球队？当然是克罗地亚队。他们在淘汰赛中不断经历加时赛、点球大战，但他们始终坚持不放弃，即便是在决赛落后对方两分的情况下，他们也拼搏到哨声吹起的最后一秒钟。所以，这支经历过磨难的球队，即便最后没能捧起大力神杯，他们也依然受人尊敬。"

刘梦溪顿了一顿又道："当然，克罗地亚队受人尊敬更是因为实力。如果没有实力，也不可能闯进决赛。这就跟我们办案一样，光有信念不行，还得有技巧、方法，更得讲证据、符合程序。"

"你看球还想着咱们办案的事？"

"那当然啦。有时候办案是挺枯燥，所以得自己从枯燥的工作中寻找乐趣。"

林青峰盯着刘梦溪道："我之前在网上看过一篇鸡汤文说，做人的最高境界是淡定、从容。我当时还想，这人世间的诱惑这么多，要想做到这两条可不简单。但是你，真是我见过的最淡定、从容的女子了。"

刘梦溪微微一笑道："我哪有那么好！"林青峰忽然道："那你……这些年，为什么没结婚？"

刘梦溪一愣，随即道："我之前也相过不少亲。相亲，更像是完成任务。可是人类有别于动物的地方就在于有思想。思想使人类有了新的存在的意义。想明白了这一点，我就不再相亲了。"

林青峰一愣，随即惭愧于自己的问题。林青峰看了眼手表，说道："时间不早了，我送你回家吧。"

"不用了。"

林青峰笑道："走吧。"

林青峰将车停在刘梦溪居住的小区门口，刘梦溪刚要下车，林青峰忽然道："梦溪，对不起。"

"什么？"

"对不起。"

刘梦溪淡然道："都过去的事了，提它做什么。"

刘梦溪沉默了一下，方才道："追悔过去，只会让未来的生活更为痛苦，我们……都珍惜当下吧。"刘梦溪知道，林青峰的情绪十分激动，自己多说无益，说道："夜深了，你一个人开车回去注意安全。我先走了。"说完，下车离去。

林青峰望着刘梦溪远去的背影，深深叹了口气。

这日，林青峰对阚慧霞道："照目前的情况来看，找到愿意作证的三十个嫌疑人，恐怕还需要一段时间的努力。"
小谢问道："阚队，为什么一定要三十个？"林青峰接口
道："因为传销活动人员在三十人以上且层级在三级以上，
应当对组织者、领导者追究刑事责任。这就可以移交给公
安部门。像'船长网'这种影响极为恶劣的传销组织，对
他进行行政处罚远远不够，必须让他们接受法律最严厉的
处罚！"

阚慧霞淡淡地道："最关键的是，这个'船长网'的幕
后主使，我们目前尚无头绪。如果他真的在国内，甚至是
在咱们清门，那么以公安机关的侦破手段，肯定很快能将
他绳之以法。但是依照目前的证据来看，'船长'尚构不成
犯罪。"

## 十

专案组又收到新线索，居住在清门远郊清西县的一位
姓宫的女士打来电话说自己也是"船长"的受害者。

阚慧霞本想亲自前去，林青峰却劝她道："你的腿伤

还没完全好，而且我看你前几天虽好些了，这几天又有些严重。"

阚慧霞自嘲道："嗨，这事赖我，我觉得自己好点了，这两天跑的路又多了点。"林青峰道："是呀，医生让你休息四周，你倒好，休息了两周都不到。这老话说伤筋动骨一百天，真是不能大意了。要我说呀，这回你就在家坐镇，我们出去跑。"

阚慧霞也担心自己的脚会拖累同事，便接受了林青峰的建议。阚慧霞本想安排小谢和刘梦溪一道前去，林青峰却主动道："让我跟梦溪去吧。"

阚慧霞有些惊讶："老林你……"

"怎么了？"

"啊，没什么。"林青峰和刘梦溪的旧事即便是阚慧霞也不想主动提及，因此她不好再问，只好同意了林青峰的要求。

刘梦溪坦然接受了专案组的安排，和林青峰一道外出调查。两人走进招待所，发觉招待所没有电梯，两人的房间又在二层，林青峰主动提起了刘梦溪的行李。刘梦溪本想推让，却忽然皱了皱眉。

林青峰发觉她脸色不对，问道："你怎么了？"

"哦，没……没什么。"刘梦溪的语调也有些奇怪。

林青峰道："你到底怎么了？刚才在路上我就觉得你脸色有些不对，是不是不舒服了？"

"我……我有些胃疼，老毛病了，没什么大事，到房间休息一阵就好了。"刘梦溪捂着腹部，低声道。

"快，我扶你上楼。"林青峰丢下行李，扶刘梦溪进了房间，这才下楼去取两人的行李，而后又来到刘梦溪的房间，关切道："用不用送你去医院？"

"不用了，我这真是老毛病了，一会儿就好了。"

"那你就这么忍着？你有药没有？"

"我这次出门时走得急，忘带了。"

"那你平时吃什么药，我去帮你买。"

"不用麻烦了，我忍一会儿就好了。"

"那怎么能行？"林青峰急道，"快告诉我药名，我去给你买。"刘梦溪忍着痛说出了药名。林青峰立刻飞奔出去买药。

林青峰很快就把药买了回来，他烧了一壶热水，扶刘梦溪坐起来服药。刘梦溪吃过药后没多久，症状逐渐缓解，说道："我好多了。"林青峰这才松了一口气："那就好，那你好好休息，我先回房间了，有事随时叫我。"

"嗯，好，那个……刚才谢谢你。真是对不起，我出来出差，还给你添了这么多麻烦。"林青峰皱眉道："你这说的是什么话，咱们出来本就应该相互照顾，更何况……"林青峰话说了一半，忽觉不太合适，赶忙停住话头，转而道："好了，你现在还是多休息，身体最重要。"

刘梦溪没再言语，只点了点头。林青峰又为她倒了一杯热水，放在床边，这才转身离开。

翌日，林青峰本想让刘梦溪再休息一天，至少休息一上午，但刘梦溪坚持一早起来出去取证。吃早饭时，林青峰叹了口气道："你呀，就是太要强了。案子再重要，也没有你的身体重要啊。"

"人再强大也有脆弱的时候，如果身边有人陪伴，相互给予对方力量，这样的强大才算是无懈可击吧。"

刘梦溪不是不懂林青峰话里的暗示，但她只作未闻，低头继续喝自己面前的粥。

吃过早饭，林青峰和刘梦溪来到了举报者宫大姐家。宫大姐很热情地接待了两人："你们可算来了。他们骗我说买这个虚拟股只赚不赔，介绍别人买还能有分成，我就前前后后给他们投了十几万呢。你还别说，刚开始还真涨了不少，有时候一天就能翻一倍，炒股可赚不了这么多钱。

我一看这架势，也说动我的妯娌买，她也投了不少。因为我推荐了我的妯娌，还给我返了不少钱。可我最近一看，这钱都快跌没了，我想取出来，可那个平台告诉说这个虚拟股只能在会员之间交易，平台不退现金。也就是说，我的钱取不出来了。你们说说，这不是坑人吗？"

刘梦溪微笑道："大姐，这世上没有什么只赚不赔的事，投资都是有风险的。但凡是宣传自己的项目只赚不赔的，那一定是陷阱。"

宫大姐道："可那姑娘跟我说，她赚了不少。她往里投了三十万，每天稳定能生利小一万块。每天啊！这不是坐地生金是什么？我看那姑娘穿的、用的都贵得要死，她又没工作，自然是靠这个挣的钱。"

林青峰问道："姑娘？什么姑娘？"

"嗨，就是我家邻居，介绍我投资的一个姑娘。说是姑娘，其实岁数也不小了，今年……"宫大姐看了一眼林青峰，"哎，对，看着岁数跟你差不多。她孩子都五六岁了。我经常在小区里遛弯，她带着孩子在小区里转悠，我这人天生喜欢孩子，碰上了就逗逗她家孩子，她也爱聊天，这一来二去就认识了。"

宫大姐喝了口浓茶，继续道："那姑娘挺热心肠的，但就是一点，她推荐给你的东西，你要是不用或者不买，她就不高兴，会没完没了地给你讲。这回也是一样，她说买这个挣钱，我本想再考虑考虑，可她一个劲地推荐，我碍着面子，就买了。"

林青峰和刘梦溪对望了一眼，两人都已明白，这个所谓的"姑娘"，恐怕就是宫大姐的上线。刘梦溪问道："大姐，您现在还跟那个姑娘有联系吗？"

"有，怎么没有，我们就住在一个小区啊。不过最近我很少在院子里见着她了，听楼里的其他街坊说，她最近老跟她爱人闹别扭，好像还挺严重。"

林青峰又问道："那您知道她家的具体地址吗？"

"怎么不知道？我还去她家串过门呢。我带你们去见她？"

"那就多谢您了。"

宫大姐带着林青峰和刘梦溪来到她口中的那个姑娘家门口。宫大姐刚要抬手敲门，忽然停住了手，有些不好意思地说道："那个……要不然，还是你们自己去问她吧。我们俩是街坊，我带你们来她家，也没经过她同意，要是让她知道了，这往后也不好相处。她要是问起你们怎么知道她家地址的，你们就说是你们自己调查出来的，您说行吗，警察同志？"

刘梦溪哭笑不得地道："我们是市场监管局的。"

"哦，对对。"宫大姐轻拍了下自己的额头，"你瞧我这脑子，这人呀，上了岁数，脑子就不灵光了。不过其实都一样，你们都是政府派来的。"

林青峰不愿再与她辩解，只说道："行，那您先回去，这次麻烦您了。"

"不麻烦、不麻烦，那你们忙，我先走了啊。"宫大姐忙不迭地转身下楼离开。

宫大姐走后，林青峰抬手按响了门铃，门铃响了许久后，才传出一个女性的声音："谁呀？"

刘梦溪扬声道："您好，我们是市场监管局的。"

经过长时间的沉默后，门终于打开了。林青峰看到门内站着的人时，差点惊了一跳：那人竟然是郭颖！

林青峰面前的郭颖看起来形容憔悴，她的头发乱蓬蓬地顶在头上，面色枯黄、眼圈发黑，眼角似乎还挂着泪痕。她穿着一件半旧的睡衣，趿拉着一双拖鞋，见到林青峰，她先是一愣，又看到他身边的刘梦溪，随即冷笑了一声。

林青峰强自定了定心神，从怀中掏出执法证，强作镇定地说道："你好，我们是清门市市场监管局，现需要你配合我们的调查。"

郭颖看了他一眼，而后淡淡地道："哦，那进来说吧。"刘梦溪和林青峰跟着郭颖穿过她家门厅走入客厅。郭颖家的客厅很宽敞，装修也很精致，看得出家里物质条件很好。但林青峰和刘梦溪一进客厅，就见到无数儿童玩具、文具洒落在地上，餐桌上堆满了外卖和方便面盒子。房间内一股腐臭的味道。

郭颖用手拨开沙发上的杂物，勉强腾出了一块地方，对两人道："坐吧。"刘梦溪道："我们来这儿，是想向你了解有关'船长网'的事。"

郭颖一抬眼道："哦？你的意思是，那也是传销？"

林青峰道："你买他们的原始股，是别人介绍你买的吧？你再介绍别人买，你的上级给你奖励了对不对？这种分级代理的模式，已经涉嫌传销。而且最为恶劣的是，这个股价不与任何价值挂钩，完全由他们自己操纵的。也就是说，他们可以通过操作股价，卷走所有人的血汗钱。"

郭颖听完后，怔怔地看着两人，忽然答非所问道："你们两个现在在一起了？"刘梦溪刚要开口解释，林青峰却忽然道："还没有。"

"还……没有？"郭颖质疑道。林青峰似乎下了什么决心，长舒了一口气，说道："对，现在还没有。但是我打算等我们手头这个案子结案以后就向她表白。当然，如果她拒绝我，我们还是不能在一起。"

刘梦溪在一旁听得震惊不已。她愣了半晌，方才对林青峰道："林队，咱们在办案呢。"

"林队？哦，恭喜你了。你一直都很有前途，只是过去……被我耽误了，对吧？"郭颖见状开始阴阳怪气起来。

林青峰道："过去的事，都过去了。重要的是将来。郭颖，我看你也有孩子了，就算不为你自己想，也要为孩子想想。如果你肯配合我们，提供相关证据，就可以避免更多的人受害。"

但郭颖依旧答非所问："也就是说，你们俩这些年一直都没在一起？"刘梦溪面上更为尴尬。林青峰却神色如常："对，我们虽说在一个系统，可见面的机会很少。"

"哦？"

"没错。但这并不是因为我们不在一个部门的缘故，而是因为……"林青峰看了一眼身旁的刘梦溪，"我一直在故意躲着她。我以为，只要一直躲着她，不见她，就能忘了相互的感情。直到最近，她被借调过来工作，我才意识到，这种感情不是靠躲就能忘掉的。"

林青峰顿了一顿又道："郭颖，其实连我自己都不敢相信，我今天竟然有勇气当着你的面把这一切说出来。我可以负责任地说，跟你在一起的时候，我并没有做任何对不起你的事。但是如今，我也要对我自己的感情负责。我可以确信地说，梦溪是我要共度余生的女人，当然，前提是她也愿意。"

林青峰说完后，如释重负，再次长舒了一口气。他不再说话，却能听到自己胸腔里心脏激烈的跳动声。

<h1 style="text-align:center">十一</h1>

郭颖盯着林青峰看了许久。初时，林青峰有些不敢与她对视，后来他逐渐鼓足了勇气，自信地与她对视。终于，郭颖说道："真好啊，你们俩，总算是有情人终成眷属了。当着前妻的面和现女友表白，可真有你的。不过不管怎么样，还是祝你们幸福。"

林青峰道："谢谢你的祝福。其实我心底，特别希望你能过得幸福，是真的。当年的事……其实我也有责任，如果我能对你多关心一些，你也不会被那传销骗了。"

郭颖一抬眼道："你真这么想？"

"是。"

令林青峰万万没想到的是，郭颖竟突然掩面哭了起来。林青峰有些不知所措，还是刘梦溪从包里掏出了一包纸巾，递给了郭颖，又走过去轻轻拍了拍她的背以示安慰。

郭颖哭了一阵，哭声渐小，她的情绪也逐渐平静了下来，这才用抽泣的声音逐渐讲起了她的遭遇："我刚离婚的时候还很年轻，人长得又漂亮，当时家里给我介绍了一个对象，就是我现在的老公。他一米九的个子，人长得又帅，家庭条件又非常好。我俩结婚的时候，周围的人都羡慕我，说我命好，时来运转了，离开了一个穷……"

郭颖看了一眼林青峰，赶忙止住了话头，继续道："她们都羡慕我嫁给了一个'高富帅'。但唯一遗憾的是，他家在郊区有一家企业，他得在这边工作。但是能和心爱的人在一起，在哪里生活又有什么所谓！"

"我刚嫁过来的时候，在这边一个单位做临时工。领导说我干得不错，让我努力考取当地的公务员。可就在这个时候，我怀孕了。我家人都不在这边，生了孩子后，没有老人帮我带。当时本想请个保姆，可孩子出生以后，我实在不放心别人帮我带孩子。别的不说，月子里那个月嫂的手那么'粗糙'，用她那双手给我家宝宝做抚触，不是要把孩子的皮肤都磨坏呀！

"所以我跟我老公商量好，我的产假一结束，我就辞职了。我本想等我家大宝上了幼儿园，我就出来工作。谁想她刚两岁的时候，我就又怀孕了……就这样，我又生了二宝。这一下，到现在，我也没能出去工作。

"可我老公对我特别好，刚结婚时，他就把他结婚前攒下的积蓄都给了我，让我买名牌衣服和包包、化妆品。有孩子以后就更是这样，我家宝宝吃的用的都是最好的。其实你们说，我不工作在家带孩子，这是我跟我老公的家庭分工，碍着外人什么事了？可偏偏有那爱嚼舌根子的，说我不工作还成天在家乱花老公辛辛苦苦挣的钱。我老公都没说话呢，轮得到他们说？！可他们老这么说，我心里也生气，时不时就去我们那个育儿微信群里吐槽。

"那个群里有个楚姐，人特别好，说话也幽默。她总是在群里劝我。后来她专门加了我，她就劝我说，女人自己不赚钱，花钱终究不硬气。她手头有个投资项目，一本万利。最重要的是，在家就能做，既不耽误带娃，还能挣钱。

如果做得好的话，闹不好一个月我赚的钱比我老公赚的钱都多！我一听当然心动了，就按照她的推荐买了这个'船长'的股票，因为我平时自己也炒股，觉得没什么区别。最开始的确涨了不少，我还推荐给了周围的街坊邻居，还奖励了我不少原始股。可唯一的问题是，我一直不能直接提现，交易也只能发生在会员之间。最近我看跌得厉害，就想赶紧转手卖出去，可是谁买呀？而且，他们当初可是承诺过我们，说只涨不跌的。

"我最开始没告诉我老公，是用我自己手头的零花钱买的。后来我看的确涨了不少，就偷偷动用我们家里的存款，一下子买了几十万。我们家里是我管钱，我老公一直不知道这件事。直到有一次，他说要换辆车，让我把存款取出来。他要买的车挺贵的，我说钱大部分都被我用来投资了，手头的存款不够买新车的。他问我投什么资，能不能赎出来？我就把这事告诉他了。谁想他当时就跟我急了，说我被人骗了，还说我……说我蠢。我们俩当时大吵了一架。结婚些年，他从没跟我大吵过。他逼我想法子把钱赎出来，可我把我手里的股票挂在平台上出售，这么久了一个买的人都没有。而他在那次大吵之后，也再没跟我说过话，回到家里见到我就跟见到陌生人一样，到后来干脆连家都不怎么回了……"

郭颖说到这里，又掩面低声呜咽了起来。刘梦溪又坐到她身边，轻拍她的背，柔声道："你别太难过了，这一切都是传销害的！所以我们希望你能出来作证，让那些传销分子受到应有的惩罚。"

郭颖抬起头来，问道："如果我出来作证，你们真的会帮我吗？"

郭颖说着又要哭，林青峰赶忙打断她道："对了，你说介绍你买'船长'股的那个楚姐，你现在还有她的联系方式吗？知道她住在哪里吗？"

"楚姐……我只有她的微信。哦，对了，我刚认识她的时候，她跟我说，她老家好像是……无名县。"

"无名县？"林青峰的两条眉毛拧在了一起。


# 十二


傍晚，林青峰和刘梦溪走在县城的中央大街上，街道两侧种满了法国梧桐。其时已是夏末初秋，微风吹动梧桐叶的沙沙声让人心神畅快，更增添了一丝凉爽。两人本可以直接坐车回酒店，林青峰却说要提前下车，步行一段。

两人并肩走在梧桐树下，默默无言。刘梦溪觉得如此这般有些尴尬，便开口道："今天郭颖说那个楚姐也是无名县的，我记得你们之前办的那个石湾的案子，好像也和无名县有关？"

林青峰经她一提醒，突然想到了什么："对啊，这也许……不是巧合？"

"你说……这个'船长'的幕后主使，会不会也是无名县的人？"

林青峰点点头道："嗯。所以我让阚队他们联系公安部门，调查这个楚姐的微信号注册人的身份。"

刘梦溪点点头道："嗯。"

林青峰忽然道："梦溪，今天我在郭颖那儿说的话，你都听到了吧？"

"嗯？"

"那好，我再说一遍。"林青峰停下了脚步，转过身，面对刘梦溪，直视着她的双眼，说道："梦溪，我喜欢你。我想跟你在一起。你愿意吗？"

刘梦溪一愣，沉吟了一阵，方才道："这是你的真心话？"

"当然。"

"你想好了，不怕……不怕别人说？"

"怕什么！你我现在都是单身，又两情相悦，为什么不能在一起？"

"我……"微风吹动她的发梢拂过她的脸颊，她已经很多年没有体会过这样的柔情了。刘梦溪挽了下鬓边的发丝，她没有说话，只抬起了手，轻轻握住了林青峰的右手，牵着他坚定地向前走去。

林青峰和刘梦溪回到局里，一见阚慧霞，林青峰便问道："你怎么啦？生病啦？脸色怎么这么难看！"

阚慧霞的脸色的确难看得吓人，她说道："那个楚姐的身份查到了。她的确是无名县人，名叫储妆。"

"哦？"

"储妆，也就是储海波的姐姐。"

"储海波？"

"他是我前男友。"阚慧霞尽量让自己的语气显得平静。每个人都有自己逃不开的过去，她原以为储海波已离她远去，想不到却又以这种方式与自己的过去重逢。

"哦，这个……"林青峰好意替阚慧霞解围道，"他姐姐被骗进了传销，确实很不幸。"

"不是的。"阚慧霞回想起那日在江北自己与储海波的偶遇，看起来那并不是偶然。还有之前储海波突然给自己打的那通电话，没来由地询问自己有关案子的情况。这一桩桩事件如珍珠般串在了一起，让阚慧霞豁然开朗："我有理由怀疑，储海波就是'船长'案的幕后主使，至少他也是这个传销集团的核心人物。我已经向领导汇报了我和他曾经的关系。"

林青峰道："你跟他虽说曾经是恋爱关系，但毕竟已经这么多年不联系了。我想领导也不会让你回避这个案子的。"

阚慧霞点点头道："是的，正好，我也不想回避。我倒想看看，他们到底想做什么。"阚慧霞忽然发觉，自己的勇气被激发了出来。

林青峰道："那咱们马上约谈储海波吧，就以……他姐姐参与了传销，咱们来找他，以了解情况的名义。咱们找他，他不可能不紧张，一紧张就难免会露出马脚。"

但林青峰万万没想到，储海波的心理素质出乎他的意料。储海波一副痛心疾首的模样，先是向阚慧霞和林青峰连连鞠躬，感谢他们挽救了自己的姐姐。又对有关"船长网"的问题摆出了一副毫不知情的模样，甚至显得还有些好奇，反问了林青峰不少问题，最终是一副恍然大悟的模样："唔，原来这就是传销。慧霞，真是没想到，我竟然用这种方式了解了你的工作。哦，对了，今晚你有时间吗？咱们俩……这次能见面也是缘分，要不要一起吃个饭？"

阚慧霞厌恶地皱了皱眉："我今晚加班。"

"哦，那可真是太不巧了。"储海波一脸遗憾，"你们这些同志真是太辛苦了。我代表纳税人感谢你们的付出。"储海波戏谑地把手一挥，朝林青峰敬了个礼，转身离去。

储海波离开后，小谢道："这个姓储的戏太过了吧？"

阚慧霞无奈地叹了口气。

林青峰好奇地问阚慧霞："这个储海波到底是个什么样的人？"阚慧霞道："我们分手的时候，他博士还没毕业，所以我也不知道他后来具体做了什么。我实话跟你说吧老林，我们在一起的时候，我就总觉得其实我并不了解他。我们虽说是情侣，有的时候却总像隔了一张纸，彼此之间并不熟悉。"

林青峰点点头道："理解。就算是夫妻，也未必真正了解对方。"阚慧霞怕他想起他前妻的事，赶忙把话题岔开道："对了，告诉大家一个好消息。"

"什么好消息？"

"局领导表扬咱们了，说咱们专案组在电子取证方面做得非常好。"

小谢说道："电子取证工作主要是梦溪姐做的，不愧是在市监系统电子取证大赛中拿过名次的人，就是厉害。"

刘梦溪不好意思地道："没有，这都是同事们一起努力的结果。"

阚慧霞道："梦溪的业务能力的确不错，等这案子结了，我想向局里要求把梦溪留下来。"一旁的林青峰听完这话，心中又是一动，刘梦溪却只低头不语。

当晚下班后，林青峰依例送刘梦溪回家，路上，林青峰忽然道："梦溪，我……我想……"

"你想什么？"

"我想等这个案子结了以后，向你求婚。"

刘梦溪忽然"咯咯"笑了起来。林青峰感到十分窘迫，脸涨得通红，问道："怎么了，你……不愿意？"

刘梦溪笑道："我说林队长啊，你还真是不会谈恋爱。你要求婚就求，哪有提前跟人预告的？"

林青峰更为尴尬，道："我以为……得提前跟你商量下。"

刘梦溪"嘻嘻"笑了一声，不再说话。

翌日，中午休息时，林青峰装作随意与阚慧霞聊天，坐在她办公桌对面，问道："你说，你们女孩子最喜欢什么？"

"啊？"阚慧霞被他的问题惊了一跳。"那个……就是……你谈恋爱时，男朋友怎么做你会特别开心？"

阚慧霞随即明白林青峰问话的目的，笑吟吟地道："当然是制造惊喜喽，意想不到的惊喜。"

"怎么个制造惊喜法？"

"比如制造浪漫呀，请她去有情调的餐厅吃饭呀，送她精致的礼物呀，等等。当然了，其实最重要的是要有一颗真诚的心，人要是三心二意，就算使再多的浪漫小花招也没用。"

"哦，对对，你说得对。那咱们市里有什么有情调的餐厅呀，你能给我推荐几家吗？"阚慧霞笑道："老林，你瞧瞧你问的这个人，我是单身呀，又没人请我去，我怎么会知道！"

"对不起对不起，我不是那个意思。"

"怎么，你也想在恋爱中制造情调了？"

"我……"林青峰再次涨红了脸。

阚慧霞善解人意地道："没事，你放心，我不会跟别人说的。祝福你们。"林青峰红着脸点点头："谢谢。"

阚慧霞虽这样说，但在机关，从来就没有什么秘密可言。没过几天，人事科杜科长就找到了阚慧霞："慧霞啊，你上回说的那个事吧……哎，我们认真考虑过，从业务角度来说，你是专家，那个刘梦溪业务能力强，留在你们处里肯定对咱们的工作有好处。可是我们最近听说，她跟林青峰……当然了，对他俩，咱们都是祝福的，有情人终成眷属嘛。可这两口子将来要在一个单位，特别是一个部门工作，这的确有些不合适。咱们单位虽说没有明文规定不允许夫妻同在一个部门工作，但这一直是不成文的规矩，这也是为了保证咱们正常的工作秩序。所以……"

阚慧霞点点头道："我明白了老杜，您别为难。"

阚慧霞不让人事部门为难，难题却回到了她自己身上。她当然希望林青峰和刘梦溪能走在一起，但她也希望刘梦溪能留下来，于是她决定亲自找刘梦溪谈谈。

没过多久，人们便对此事议论纷纷，其中大多是为刘梦溪惋惜，更有人私下里说："要说这人啊，也真难两全其美。"这话虽没传到林青峰耳朵里，但自从听说了此事后，他也能猜到旁人会如此议论。

其实，别人怎样议论他，林青峰倒并不在意。他不愿放弃与刘梦溪的感情，却也希望她能有个好前程。他感到自己陷入了两难中。

"老林，想什么呢？"

林青峰从自己的思绪中回过神来。下班后，他原本在车上等刘梦溪，但他一直沉浸在自己的思绪中，以至于刘梦溪什么时候上的车都没注意。

"哦，没什么。"刘梦溪却忽然道，"有件事我想跟你商量下。"

"什么事？"

"明天周末，我有个同学结婚，她是我特别好的朋友，我跟她无话不说。她知道我有男朋友之后就让我带着一起去参加她的婚礼，你……愿意跟我一起去吗？"

"呃……我……"林青峰忽然紧张起来，他还从未以刘梦溪另一半的身份见过刘梦溪的朋友。事实上，虽说单位同事都已知道了两人的恋情，但两人从未在旁人面前正式公开过，两人在单位谈恋爱，甚至有些像地下活动。

"怎么，你不想去？那就算了，我和她说你要加班就好了。"

"啊，不是。我想去，只是我第一次见你的朋友，有……有点紧张。"

"紧张什么！"刘梦溪嘻嘻笑道，"大家不过一起吃吃饭聊聊天而已。"

虽说有刘梦溪的劝慰，但林青峰依旧对这场婚礼十分重视。前一天晚上，他特地去理发馆理了发，还找出自己最贵的一身西装，送到洗衣店去熨烫平整。

婚礼当天，刘梦溪挽着林青峰的手出现在婚礼现场，几乎比新郎新娘的出现还要轰动。刘梦溪向她的同学介绍道："给你们介绍下，这是我男朋友，林青峰。"刘梦溪的同学们纷纷道："呀，梦溪，恭喜你呀。""梦溪你找了个这么帅的男朋友呀。""梦溪，什么时候能喝到你们的喜酒呀？"林青峰听别人夸赞自己，不免有些不好意思，刘梦溪却大大方方地道："放心，办喜酒的时候肯定请你们。"

仪式结束后，众人聚在一起吃饭聊天。有人问刘梦溪："梦溪，你男朋友是做什么工作的呀？""他也在市场监管工作。""哎，对了，"刘梦溪身边一位男同学插话道，"梦溪，你现在是什么级别呀？"

"嗯……"刘梦溪有些尴尬地捋了下头发，那人却仍旧不知进退，继续问道："不会还是科员吧？"刘梦溪道："嗨，我觉得级别不重要，我听说别的部门好多干了几十年的老同志都还是科员呢，我还年轻，不着急。"

"你参加工作也得有十年了吧？我听说好多都是按年头调级别，十年至少能调个一两级的……"那位男同学还没说完，他身边的女朋友在桌子底下偷偷踢了他一脚，他不由得"哎哟"一声，刚要问女友为什么踢自己，却见女友狠狠瞪了自己一眼。

男同学的话让林青峰心头一沉，但刘梦溪却不急不恼，依旧微笑着道："可不能这么说，那些老同志都是勤勤恳恳一辈子，基层指标少人又多，这是没法子的事。"

"那你赶紧想想法子往上调动啊，哎，你男朋友是不是市局的？你让他帮你……"那名男同学还要再说，身边的女友又在他胳膊上狠狠掐了一把，他这才止住了话头。

刘梦溪顺势将话头岔开，与同学聊起了上学时的往事，但她之后的话，林青峰却一句也没听进去。

# 十三

　　林青峰连续三天都以加班为由没有送刘梦溪回家。刘梦溪最开始还说："不然我陪你一起加班？"林青峰道："不用了，我恐怕得忙到很晚，你还是先回去吧。"刘梦溪并非不懂得察言观色，她见林青峰神色冷淡，言行之间不似寻常般热络，便只得道："那好吧，我先走了。"

　　直到第三天，林青峰终于下定了决心，他找到阚慧霞，说道："那个……我有件事想跟你说。"

　　"什么事？"

　　"你上回不是说，想让梦溪留在市局吗？我知道咱们有不成文的规定，夫妻不能在同一个部门工作，所以我想请求你……"

　　"请求我？"

　　"对，"林青峰之前一直低着头，此时他忽然抬眼道，

"我想请求你，一定要让梦溪留下来。也许我今天来找你算是走后门，如果需要我调到别的部门，都可以。如果实在不行……"

"实在不行怎么办？"

"我……我想向她提出分手。"

"什么？！"

"是，我考虑过，无论是把我调到别的处室，还是怎样我的级别都不好解决，这是给组织添麻烦。所以我……"

阚慧霞问道："这件事你们两个人商量过吗？"

"没有，我还没跟她说过。"

阚慧霞问道："所以你根本不了解她的想法对吗？"

林青峰一惊："她的想法？"

"对，无论是恋爱还是分手，都是你们两个人的事，你难道不应该先去征求她的意见吗？"

"我……"林青峰复又低下头道，"不用问，我知道，她肯定不同意。她很珍视我们之间的感情，其实我何尝不是一样？但无论如何，都不能因为我影响她的前程！"林青峰说到这里，语气有些激动。

阚慧霞叹了口气道："哎，老林呀，你……你这么多年，一点都没变。你比我大几岁，按理说这话本不该我说，可我今天在这儿托个大。老林，当初如果你能再勇敢一些，兴许现在都该庆祝你俩结婚十周年了。人都说爱情令人冲动，其实有时候，想要成就一段感情，倒的确应该冲动些。爱情本就是一种化学反应，两人一拍即合，便能终成眷属。若总是瞻前顾后，怕是要错过好姻缘。"

林青峰道："当初的事，是我不够勇敢。我欠她的实在太多了，我想弥补她。"

"你为了能让她留在市局，就想跟她分手，难道不是伤害她？"

"我……"林青峰将脸埋在双手中，"我实在是没办法。"

阚慧霞微笑道："天无绝人之路，总会有办法的。"

林青峰抬起头来道："真的？有什么办法？"

原来，三天前，阚慧霞就找到刘梦溪："梦溪，我想把你留在队里，但是你跟老林……你也知道，这样实在不太方便。所以我想征求你的意见，你看如果把你调去市局其他部门，你愿意吗？"

刘梦溪听完后微笑道："阚队，谢谢您如此替我着想，真的谢谢您。"阚慧霞道："不用客气。你业务能力这么强，这大家有目共睹的，你应该留在市局。"

刘梦溪笑了笑，说道："阚队，谢谢您对我的肯定，只不过，我不想留在市局。"

"什么？"

"嗯，我想回去，回到我原来的岗位上。和市局比起来，基层的工作更琐碎，但这也锻炼了我的工作能力。说句不谦虚的话，我也觉得我的业务能力是合格的，并且，我希望能够不断提升我的业务能力。但是业务能力强就一定要留在市局吗？这些年我在基层遇到了太多业务能力强的同事们，他们令我钦佩。所以我认为业务能力强才更应该扎根基层，为基层服务，为百姓服务。所以阚队长，真心谢谢您，谢谢您对我的肯定和对我的帮助。但我还是希望能够回到我原来的单位。"

听完刘梦溪的话语，阚慧霞长叹了口气道："梦溪，你真的很令我敬佩，真的。我尊重你的决定。"

刘梦溪笑道："不敢当，不过阚队，我有个私人的事想请你帮忙。"

"你说，能帮我一定帮你。"

"今天咱们俩的谈话，你能不能先不要告诉老林，我想……考验一下他。"

阚慧霞对林青峰复述完她与刘梦溪的对话之后遗憾地

道："很显然，你没能通过她的考验啊。"

"我……"

"她想考验你对你们之间的感情是否坚定，看起来，你没那么坚定。所以老林，我只能祝你好运了。"阚慧霞一脸惋惜的表情。

林青峰顿时心慌不已，他赶忙恳求道："咱俩刚才的谈话，你能不能不要告诉她？"

阚慧霞有些顽皮地道："我都答应替她考验你了，你现在让监考官帮忙放水，这可不太合适吧？我这人可从来不作弊，更不会帮人作弊。再者说了，恋爱中的女人都是福尔摩斯，智商爆棚，就算我不说，她能察觉不到？所以呀老林，你只能好自为之了。"

当天下班后，阚慧霞换好便装准备出门，却见到林青峰一脸苦相地站在门口徘徊，她心中暗暗好笑，只装作未见，绕开他径直离开。

刚一下班，林青峰就凑到刘梦溪面前，问道："我在网上看到一家新开的餐厅，听说装修得很漂亮，还是个网红餐厅，女孩子都喜欢，咱们今晚去尝尝？"

刘梦溪淡淡地道："不用了，我今天不太舒服，想早点回家休息。"

"啊？"林青峰关切地道，"是不是胃病又犯了，那我送你去医院？"

刘梦溪不由得失笑了一声，但随即敛容，白了他一眼道："你就不能盼我点好？"

"没有、没有。那……我直接送你回家？"

刘梦溪点点头。

林青峰载着刘梦溪到她家楼下，关心地道："那你早点回去休息，用不用我给你买药？"

"不用了。"刘梦溪说道，"我想跟你说点事。"

"什么事？"

"咱们分手吧。"

"什么？！"林青峰慌乱地道，"是不是阚队跟你说什么了？我跟你说，那是个误会。"

"什么误会？"

"我那是一时冲动……啊不是，我是说是我想得太多……"林青峰发现自己越描越黑。他本就不善表达，此刻更是词不达意。

"好了，你别说了。"刘梦溪打断他道，"我想，我们应该分开，好好冷静一段时间，仔细想想这段感情对我们究竟意味着什么。"

刘梦溪说完后，开门下车离开，只给林青峰留了一个渐行渐远的背影。


# 十四


一连几天，林青峰的情绪都十分低落，而刘梦溪则好似没事人一般，正常上下班，遇到工作问题要和林青峰沟通时，她总是一副公事公办的模样。林青峰对她每每欲言又止，却终是鼓不起勇气来。

阚慧霞看在眼里，终于忍不住私下找到林青峰，故意问道："怎么啦老林？我看你这几天脸色不好，生病啦？生病就在家休息，工作再重要，也没有身体重要呀。"

林青峰道："没……没有。"

"哦，那就是因为老抓不到储海波，你心情不好？"

林青峰赧然道："也……也不全是。"

阚慧霞终于忍不住，"扑哧"一声笑了出来："行了老林，你就别装了。说说吧，是不是因为你跟梦溪的事？"

林青峰长叹了一口气道："哎，我'被分手'了。"

"被分手？那不是正和你意吗？那天你还跟我说想和她分手呢。"

"那不是没办法的办法吗，我怎么可能想跟她分手呢！"

"既然不想分，那就努力把她追回来呀。"

"可……可我看她这回是真生气了。"

"她为什么生气？不就是气你在感情上总是退缩，不够勇敢吗？"

林青峰抬起头来，说道："那你说，我追得回来吗？"

阚慧霞道："精诚所至，金石为开。我相信世间万事都是如此。就比如咱们这个案子，储海波就算把自己撇得再清，也总有露出狐狸尾巴的时候。"

阚慧霞不知不觉又提到了工作。林青峰说道："幸好咱们及时冻结了他们的资金，虽说之前被他们抽走了一部分。但是这么一笔钱被咱们扣住，作为幕后主使，他不可能不着急，他一着急便会露出马脚。"

正说着，刘梦溪忽然走了进来："阚队，我有一个想法。"

"请讲。"

"我在想，之所以那些受害人不肯出来作证，是受了威胁，那个人之所以能威胁那些受害者，无非是因为他手里攥着那些受害者的钱。可是这笔钱，已经被咱们冻结了呀。"

刘梦溪道："传销的受害人大多被洗脑了，不信任咱们。而且，那个幕后主使一直在背后控制着。再加上咱们目前掌握联系方式的人员，还不到三十个。"

"所以你的意见是？"阚慧霞问道。

"咱们借助媒体的力量吧，现在网络这么发达，如果上了热搜，不到半天，全城皆知。咱们公开冻结'船长网'资金的消息，一定会有人主动联系咱们。"

"这……太冒险了，咱们有规定，万一出了什么事，这责任……"林青峰忍不住再次接口道。

"我来担。"阚慧霞忽然道，"这是咱们目前唯一的办法了，'船长'的案子，不能再拖下去了。"

刘梦溪的提议很快收到了效果。愿意出来作证的人如雨后春笋一般涌现。小谢激动地道："这下不仅三十个，三百个都有了。"

随着储海波被公安机关批捕，专案组也随之解散。解散前夕，阚慧霞请大家聚餐。席间，林青峰忽然打断了大家的说笑："大家安静一下，我要宣布一个事情。我和梦溪将在下个月十八号举行婚礼，等我们准备好了就给各位发请柬，到时候还请各位光临。"

阚慧霞惊讶道："老林，你们这……"

林青峰笑着望向刘梦溪："我……认真向梦溪承认了我的错误，她决定原谅我，给我一个改过自新的机会。"众人一阵哄笑。

阚慧霞望着林青峰和刘梦溪，心想，老林这算彻底与自己的过去和解了，而她，亲手将自己的"过去"送进了监狱，彻底告别那段她逃不开的过去，也许，这也算是另一种形式的和解吧。

# 幸福加『诉』度

很多时候，一桩投诉背后就是一个故事，一个故事折射了一段人生。李飞宇一直是这样认为的，她并没有窥探旁人隐私的喜好，却以此思考人生。

　　李飞宇现在的工作单位叫市场监管所，以前叫工商所，不管名字怎么变化，她的工作内容一直没变，就是处理消费投诉。

　　"呦，飞宇，今天接了笔大'生意'，天哪，咱们所一年的投诉金额加起来怕是也没这么多。"同事小林盯着李飞宇新接的投诉单打趣说。

　　李飞宇看了一眼投诉单上的金额，也不禁吓了一跳。一百八十万！过去别说七位数，便是超过一百元的投诉她都很难见到。四块钱的榨菜和六块钱的白菜填满了她的日常工作，但无论金额大小，都要按流程办理，做到让每一名消费者满意而归。接单、调解、回访、回单，一张张投诉单填满了李飞宇年轻的人生，李飞宇的人生也得以顺着它们延展。

如今，这张金额巨大、与众不同的投诉单突然出现，仿佛给她注入了一剂兴奋剂，让她在工作中找到了久违的新鲜感。

金额虽大，投诉的内容却十分简单，说曹女士在一家首饰公司买了一批钻石首饰，总价值一百八十万元，因消费者自己后悔的缘故，希望退货退款。

这笔消费无论从哪个角度来看都极不正常，不过调查消费动机并不是李飞宇的工作，她只能按照流程先拨打了商家的电话。

首饰公司负责人石经理承认了那笔消费，却拒绝了退款的要求："我们又不是网店，没有七天无理由退款的政策，再说每天在我们这儿买首饰的人那么多，要是都这么买了退、退了买，我们这生意还做不做了？也请您理解我们一下，我们也不容易。"

商家这边说不通，李飞宇只得转过头去联系消费者一方。然而接电话的并不是曹女士，而是一名年纪较长的男子。那男子姓丁，自称是曹女士的爱人："对，那些首饰是我爱人买的。哎，这事说来话长，小同志，说出来你可别笑话。"

原来那一百八十万是拆迁款。曹女士和丁先生有两个儿子，拆迁的时候，原本要房屋补偿更为合适，但是两个儿子为了房子怎么分配的问题争吵不休。大儿子说自己已经结婚，妻子把户口迁了进来，自己家人头多，所以理应多分房。小儿子则说自己即将结婚，婚房还没着落，而兄嫂一家已经有房住，所以应该照顾他。丁先生一气之下干脆把房子换成了拆迁款，但兄弟俩却又为这笔钱闹了起来。正当两人吵得火热之时，母亲却将这笔巨额拆迁款全部拿去买了钻石，说让他们两人各自分些钻石回去。真金白银的钞票变成了"中看不中用"的钻石，兄弟俩自然谁也不干，这便有了这退款风波。

丁先生反复央告李飞宇："小同志，我的这个老婆子脑子有些问题，精神不太正常，你说什么也得帮帮我。"

李飞宇在心底叹了口气，她让丁先生来所里，和首饰公司当面沟通，她则作为第三方为双方调解。遇到这类因消费者自身原因发生的消费纠纷情况，他们向来都是如此处理。而所谓调解并没有强制力，无非是对双方晓之以理、动之以情，至于最终能否调解成功，则完全取决于双方的态度。这样的调解费力不讨好，很多时候李飞宇将好话说尽，双方却还是不能达成一致。但这次丁先生的情况的确值得同情，李飞宇决定尽最大努力替他说服首饰公司退款。

好在这回李飞宇的努力没有白费。首饰公司是城中的知名企业，甚为爱惜羽毛，提出了双方都能接受的解决方式，即先将钻饰折价换成黄金，再通过黄金回收的方式为丁先生退款。当然，这一过程中首饰公司要收取部分费用。但不管怎么说，这样一来，丁先生的拆迁款大部分都可以退还，因此丁先生也爽快地接受了首饰公司提出的处理方式。

只是按照这样的处理方式首饰公司走流程需要时间，但12345回单的时限却不等人，按照"接诉即办"的工作要求，要在五个自然日内回访消费者，询问问题是否得到解决，对处理投诉部门的解决方式是否满意，全程通话录音留存。得到消费者回答后办案人员要在系统上回单，之后还会有专门的机构打电话给消费者回访。

这次是曹女士接的电话。李飞宇自报家门后，问道："请问您对我们处理这次投诉的方式满意吗？"

曹女士半晌没有答话，李飞宇被迫反复追问了几遍，曹女士方才答道："不满意。"

"什么？！"李飞宇忍不住道，"事情不是已经帮您解决了吗？钱大部分也都退了，那天您爱人也是接受我们的处理方式的呀。您还有哪里不满意呀？"

李飞宇话一出口就后悔了，自己质问的口气不妥，怕是会激怒对方，若是对方在电话里跟自己吵起来的话，这桩投诉怕是没法善终。然而她的担心是多余的，曹女士根本没听完她的问话，就直接挂断了电话。

"什么人呀这是！"放下电话，李飞宇口中不住抱怨。

"怎么了小李？"同事小林好奇地问了一句。

李飞宇正愁没人倾诉，赶忙拉住他将事情一五一十地讲了一遍。小林对此似乎颇有经验："消费者不满意那只有一个原因，那就是钱没谈拢。估计八成是首饰公司那出了什么岔子。这样，下午我跟你去一趟他们那儿，问问到底是怎么回事。"

两人下午直奔首饰公司，石经理也是一脸委屈："没出什么岔子啊。就是这种大宗退款，又是特例，我们公司需要层层上报、审批，时间会久一点。这个我们也和丁先生解释过了，他也是接受的呀。"

两人从石经理办公室走了出来，小林说道："石经理肯定不会骗咱们。那这事就奇怪了。那个丁先生不是自己都说他爱人有点问题吗，这么看来还真是。小李，你也别生气了，碰上这么个主儿，咱们只能自认倒霉。你这还算好的呢，就给了你个不满意，还没动手呢，上回咱们有个同事呀……"

两人说话间走到了首饰公司卖钻石的柜台，李飞宇感觉对面有个人正在盯着自己看，她不觉也看向那人。这一看不要紧，那人竟直直朝她走了过来。

"请问，你是姓李吗？"

李飞宇一愣："你怎么知道？"

"你就是那个市场监管所负责消费投诉的那个小同志吧？"

李飞宇身上穿着制服，因此对方能认出她是市场监管所的工作人员并不奇怪。李飞宇问道："您怎么知道我姓什么和分管的工作？"

"我姓曹。"

李飞宇一惊："曹女士？！您就是……那个买了一百八十万钻石的人？"

听到李飞宇口中的"钻石"两个字，曹女士眼中似乎有什么东西一闪而过，李飞宇想捕捉，却没能捉到。

"能不能借一步说话？"曹女士看了小林说道。

李飞宇对小林道："林哥，你先回所里吧。"

小林扯了一把李飞宇的胳膊，在她耳边低声道："不是吧，你要跟这个人单独说话？要我说还是算了吧，闹不好有危险。"

李飞宇在见到曹女士之前，多多少少在内心也认可曹女士有问题的说法，但是一见曹女士的面，她却陡然没了戒心。

"我没事的林哥，你先回吧。"

小林见劝不住她，只得低声嘱咐了一句"那你注意安全"，就匆匆离开了。

小林离开后，曹女士却也不说话，又回到了钻石柜台前，怔怔地盯着那些钻石首饰发愣。

"您很喜欢这些钻石？"李飞宇走过去问她。

曹女士没回答，反过来问她："小姑娘，你结婚了吗？"

"还没有。"

"有男朋友了？"

李飞宇不明白曹女士为何要问自己这些个人问题，她只点了点头。

曹女士说："你们要是结婚的话，他会给你买钻戒吗？"

"呃，这个……我们婚房还没买呢，我想把钱省下来买房，钻戒那么贵，就算了吧。"

"你不喜欢钻石？"

"钻石……当然谁都喜欢。可是我们俩都工作没几年，没那么强的经济实力。曹女士，您很喜欢钻石吧？"李飞宇再次问道。

"其实钻石流行也没几年，我们结婚那会儿还不兴这个呢。记得我第一回在商场里见到这个玩意得是二十年前了，这东西真好看啊，明晃晃，晃得我眼都花了。可这东西那么贵，哪是咱们寻常老百姓买得起的呀。我们俩工资都不高，还要养孩子，哪有那么多闲钱买这个。"

"后来……后来就是大儿子结婚了，他给他媳妇买了一个。我一个老婆子，当然不能和人家小姑娘比。不过有一回，我差点就买了。前几年我跟我们家那口子去香港玩，那个导游说那边的首饰卖得便宜，特别是钻石。我当时看中了一款，是枚钻石戒指，我当时就要掏钱买，被我们那口子拦住了，说那玩意中看不中用，最后用那笔钱给他买了块表。男人嘛，总是要面子的，得有块好表。"

"所以，这次得了拆迁款，您就用它来买钻石，圆您的钻石梦？"李飞宇开口说道。

"我没有。"曹女士用力地摇着头，好像做了错事被抓住的小孩子，"我买钻石是为了给他们俩分，老二虽说没结婚，可早晚也得结，结婚不也得需要钻戒嘛。"

李飞宇点点头。这时走来一名柜员，问曹女士："您手上戴的这枚戒指还要吗？"原来刚才曹女士正在柜台前试戴戒指，还未摘下。曹女士红着脸赶忙取下了戒指还给柜员，说道："对不起，对不起，不要了。"

柜员说道："这款戒指 15 号的只有这一只了，价格也很合适，您真的不考虑下吗？"

"不考虑了。"曹女士说完，头也不回地快步离开了，或者更准确地说，是逃走了。

下班后，李飞宇接到了男友陈昊打来的电话："嗨，今天过得怎么样，工作忙吗？"

"还好，今天处理了一桩投诉，是我们辖区那个首饰公司。"

"哎，那不是正好，你跟他们好好聊聊，将来咱们去他们那买钻戒能不能给打折？"

"怎么可能！你想让我假公济私啊？"

"嗨，我这不是开个玩笑。"

"我不是说过吗，咱们婚房的钱还没攒够，钻戒就先不买了。"

"这个……嘿嘿，我这不是怕你今后遗憾吗？"

"陈昊……"

"嗯，怎么了？"

"咱们俩结婚以后，我是指很多很多年以后，你……还会像现在这样在意我的感受吗？"

陈昊有些诧异："你怎么突然问起这个？"

"没什么，我今天有点累，你也早点休息。"

不知为何，李飞宇今天感到格外疲倦，躺在床上闭上眼睛，璀璨的钻石再次浮现在她眼前。

"女士，给您拿一款戒指试试吗？"柜员没等李飞宇同意，就从柜中取出了一枚钻石戒指，戴在了她手上："这款很适合您呢。"

"的确……是很好看。这款要多少钱？"李飞宇扬起手，对着阳光不断端详自己戴着钻戒的手指，那夺目的光芒令她一阵阵目眩神迷。

"稍等我看一下……两万八千八，我们现在做活动，加入会员还可以享受九五折的优惠。"柜员正在用计算器算着打折后的价格，陈昊忽然出现在李飞宇面前，一把扯住她向外拉。

李飞宇原本还在犹豫中，但被他这么一扯，那点亮晶晶的光芒忽然就变成了她心底的向往。

"你拉我做什么？"她问陈昊。

"那么贵的东西买它做什么！咱们儿子马上要结婚了还要用钱呢。"

"儿子？咱们哪来的儿子？"

"你不会真疯了吧？老大是娶了媳妇，可老二还没成家呢，你不得给他攒老婆本吗！"陈昊边说边挥舞着手臂，他手腕上的那块名牌手表晃得李飞宇有些头晕，她眯起了眼睛。陈昊的脸变得越发模糊起来，待她终于能看清时，那张脸已经成了丁先生的。

李飞宇骤然从梦中惊醒。

第二天一早，李飞宇坐在办公桌前，用手用力揉了揉自己的太阳穴，可惜并没能缓解她的头痛。她拿起听筒，拨通了首饰公司石经理的电话。

当天下午，丁先生又来到了所里。他首先对李飞宇表示了感谢："钱都退给我了，谢谢你啊小同志，你们真不容易。你放心，到时候人家给我打电话，我肯定都说满意。不过就是有件事，你看……"

"什么事？"

"那些首饰呢，基本都折成黄金退给我钱了，不过他们说还是有个戒指退不了，说是因为是特价销售，所以不退不换的。那戒指号码还特别大，好像是 15 号的，就算我家老二将来找了媳妇也戴不上啊。您能不能再跟那边说说，让他们把那个也退了，两万多块钱呢，就算多扣点手续费也行。"丁先生见李飞宇一副不置可否的模样，赶忙又补充了一句："小同志，帮帮忙，这事要是成了，我回头给你送面锦旗来。"

李飞宇闻言轻轻一笑："丁先生，您认为我们干工作就是为了要锦旗吗？"

"啊不是不是，我不是那个意思。我知道你们这工作干得不容易，非常不容易，但我们老百姓也不容易啊，咱们相互理解吧，行不行？"

李飞宇说道："丁先生，您这么能体谅人，不如多体谅体谅您的妻子。"

"哎，你这话什么意思？"前一秒钟还笑容可掬的丁先生忽然就翻了脸，"我家的事用得着你管！"

同事们听到吵嚷声，赶忙过来劝解。在众人的好言相劝下，丁先生方才骂骂咧咧地离开了所里。

丁老头走后，小林又过来安慰李飞宇："你别往心里去，咱们干这工作，这情况太常见了。"

"林哥。"李飞宇说道，"其实我觉得，咱们都应该像钻石一样。"

"什么呀，你最近被那钻石整魔怔了吧？"

"人心当如钻石，坚如磐石，清澈无杂念。"